Nicolas PELÉ

La meute de la seconde lune

LESPRESSESDUMIDI

Impression Périclès

—

121 avenue d'Orient - 83100 Toulon
Tel. : 04 94 16 90 20 - Fax : 04 94 16 90 29
Dépôt légal : avril 2017
ISBN : 978-2-8127-0887-9

Je voudrais remercier en tout premier Philippe pour son soutien et son intransigeance qui m'ont permis de faire grandir mon vocabulaire. Avec un petit clin d'œil à ses parents pour leur gentillesse.

Merci aussi à Pierre-Yves Dodat et toute l'équipe de la librairie Mille Paresses au Pradet pour leurs encouragements.

À mon éditeur pour sa confiance, j'espère ne pas le décevoir. Et puis à toutes ces rencontres qui m'ont donné envie d'écrire, H.V Gavriel, Rohan Lockhart, Rose Darcy, Ludovic Ferry, Olivier Gay et encore bien d'autres. Merci

À travers mon premier ouvrage, j'espère vous faire découvrir une chanteuse que j'admire, mademoiselle K, dont les chansons m'ont inspiré.

Extrait des préceptes Lycan

Quiconque cherchera de près ou de loin à nuire à un lien
sera condamné à un duel à mort dans l'arène,
pour justifier de ses actes.

CHAPITRE 1

– Allô ! Jethro, c'est Mike. Tu m'entends ?

– Oui, je t'entends parfaitement id iot !

– Ton père me demande quand tu comptes rentrer.

– Dis-lui que je rentre lundi prochain.

– Dans une semaine quoi !

– Bravo, Mike, tu sais calculer.

– Arrête tes sarcasmes, accepte plutôt ta place au lieu de jouer les solitaires !

– Ah ah, sur ces belles paroles, je te laisse Mike. À plus !

– Non, attends, j'ai encore une question…

– À plus Mike, bye !

Et je lui raccrochai au nez.

Ils veulent me forcer à devenir ce que je ne veux pas être. Ils ne comprennent pas. Je suis bien dans cette solitude. Ça me convient parfaitement comme ça. Pourquoi voudrais-je que ça change ?

On m'appela de dehors. Je baissai la fenêtre côté conducteur et tendis l'oreille : « Jethro, on a fini de charger, il faut que tu viennes signer la décharge ! »

Je descendis du camion, pris les bons de commande et vérifiai que tout y était bien répertorié. Je signai à la va-vite et condamnai les portes de la remorque.

Et c'était parti pour une semaine de bitume, destination le Canada.

Le printemps s'annonçait plutôt bien cette année. Quand l'hiver laisse sa place, les marmottes sortent de leur hibernation, la chasse peut alors commencer.

Ça faisait longtemps que mon loup n'y avait pas participé. Ça me manque parfois. Si mon père n'avait pas été si obstiné, je ne me serais pas engagé dans cette vie.

La route recommença à défiler. Parfois ça me lasse vite, mais je continue. C'est le prix de ma liberté vis-à-vis de la meute.

Au fait, c'était quoi la seconde question de Mike ?

Mieux vaut ne pas y penser. Avec lui je peux m'attendre à tout. Et dire que c'est mon meilleur ami ! Comment fais-je pour le supporter ?

Je me surpris à me poser la question de ce qui me définirait.

Un solitaire n'aimant que la compagnie de soi-même ? C'est un bon début, même si parfois entre mon loup et moi, ce n'est pas vraiment l'entente cordiale.

La meute s'obstine à vouloir m'enfermer dans un rôle qui n'est pas fait pour moi. Bon sang, il faut que j'arrête de penser à mon père, je vais encore me prendre la tête au risque de ne pas me concentrer sur la route.

Deux heures plus tard, la musique qui sortait des enceintes de la cabine finissait par se répéter. Les paysages d'autoroute, identiques à faire peur, défilaient à n'en plus finir. La monotonie commençait sérieusement à me peser. Je finis par trouver une station qui alignait des sons des années 80/90. C'était toujours mieux que rien, je sentais que la journée serait longue.

Puis ce fut enfin la pause de midi. J'allais pouvoir me dégourdir les jambes et manger un morceau. Conduire à ce train-là n'est pas seulement ennuyant, ça peut aussi vous ruiner le moral. Il ne faut pas croire, même les loups-garous de ma catégorie sont touchés par les effets secondaires de ce putain de métier. Mais c'est encore le meilleur moyen que j'ai trouvé pour fuir.

Je me garai sur une aire de repos, entre deux trucks aux couleurs tapageuses. La boutique, noyée sous les néons agressifs, ne proposait que des plats préparés que l'on aurait dits factices. Je passai devant les machines à café et trouvai enfin mon salut. Une cafétéria au décor à vomir, mais qui sentait la cuisine. Ce serait toujours mieux que cette bouffe industrielle. Je choisis le plat du jour, une valeur sûre. Devant moi, une fille mince au visage marqué par la fatigue, les cheveux camouflés par une charlotte. Elle leva les yeux, me regarda et me gratifia d'un sourire.

Ce doit être mon mètre quatre-vingt-cinq, et mes épaules de déménageur ! À moins que ce ne soit mes cheveux noirs, mi-longs, coiffés en arrière ! Ça me donne un air de mauvais garçon, surtout quand je ne suis pas rasé ! Mais bon sang, qu'elle cesse de me sourire comme une idiote ! Ses beaux yeux verts, mais quelque peu inexpressifs, ne me faisaient pas spécialement rêver, et sa taille ultra-fine me faisait peur. Me raclant la gorge, je lui présentai mon ticket. Elle se réveilla de sa contemplation et me demanda : bleu, saignant ou à point ?

– Saignant, avec des pâtes, mais sans sauce !

– Va t'asseoir mon chou, je te prépare ça tout de suite, dit-elle tout en passant sa langue sur ses lèvres encore plus fines que le reste.

Non, mais je rêvais ou elle venait de m'appeler « mon chou » !

Après tout, elle devait trouver le temps bien long et s'amusait comme elle pouvait.

Je finis par aller m'asseoir dans un coin reculé.

Du steak s'écoulait un sang vermeil qui me faisait saliver. Au centre de la table, la fille déposa une serviette en papier bien en évidence.

Elle repartit aussitôt vers son comptoir en me frôlant l'épaule de la main.

La serviette était griffée, au stylo bleu, d'un numéro de téléphone.

Quand je vous le disais que j'avais la classe ! Mais me taper une fille qui sourit en bordure d'autoroute n'a jamais vraiment fait partie de mes phantasmes !

J'abandonnai donc mon plateau sur la table et m'empressai de retrouver l'air libre.

Quand j'y pense, elle doit en voir des vertes et des pas mûres la maigrichonne ! Entre les types qui ne pensent qu'à lui mater le cul, et les autres qui se croient spirituels avec leurs vannes à deux balles. Mais bon, à chacun sa vie.

Et c'était reparti pour l'asphalte. Sentir vibrer le moteur sous le capot a quelque chose de réconfortant. Ce tas de tôles, c'est chez moi. J'y passe cinq à six jours par semaine, tout dépend de la cargaison.

Le soir finit par arriver au moment où je venais de trouver une aire de repos convenable, équipée de douches. Le grand luxe !

Je pus me laver et me restaurer de nouveau avant de rejoindre mon camion. Je laissai l'air s'infiltrer par la fenêtre et tirai enfin les rideaux. Allongé de tout mon long sur l'un des deux lits superposés, poussant un énorme soupir, j'eus envie d'appeler Mike. J'hésitai une seconde, le portable en main, puis composai son numéro. Trois "bips " retentirent à mon oreille :

– Bonsoir Mike.

– Ha ha, tu es à ce point désespéré pour m'appeler ?

– Non, juste une vague d'ennui qui passait par là. Et puis garde tes blagues qui ne font rire que toi.

– Hey, elles ne font pas rire que moi, ta sœur aussi les aime bien !

– Normal nigaud, elle t'aime. Et, en plus, elle porte ton enfant. On dit que l'amour rend aveugle, il doit également rendre sourd !

– On n'est pas seulement amoureux, je te rappelle que nous sommes mariés !

– Au fait, c'était quoi la question que tu voulais me poser ce matin

– Ah ça laisse tomber, c'est sans intérêt.

– Sans intérêt ? Dis toujours, même si je sens que ça peut encore être une connerie !

– Tu veux vraiment savoir ? OK, tu l'auras voulu. Ça fait combien de temps que tu ne t'es pas envoyé en l'air ?

– J'aurais mieux fait de ne pas insister finalement ! Et si je te retournais la question.

– Avec Alicia, c'est on ne peut mieux sur ce plan-là. Comment te le dire. Depuis qu'elle est enceinte, elle ne pense qu'à ça !

– Mike, c'est bon, j'ai compris, tais-toi maintenant. Je ne sais même pas pourquoi j'ai osé te poser cette question. Surtout qu'il s'agit de ma sœur. D'ailleurs, tu lui passeras le bonjour, ou le bonsoir.

Mike prit soudain une voix des plus sérieuses :

– Dis-moi Jethro, tu penses que je peux être un bon père ? Ta sœur va accoucher dans un peu plus de trois mois et disons que je ne suis pas vraiment prêt.

– Tu te poses trop de questions, il n'y a qu'à te connaître pour deviner que tu feras un excellent papa gâteau. Même si tu as gardé ce côté immature, comme lorsque nous étions ado, mais c'était finalement toi le plus réfléchi de nous trois.

– Eh ! Tu serais presque touchant en disant ça ! Hein, monsieur le solitaire qui, à son âge, fuit encore son père !

– Continue, tu verras en rentrant, je te ferai bouffer ton téléphone !

– Ah, je me disais aussi, où se cachait ta facette grognon ? Jethro, toi aussi tu auras droit à ta part de bonheur. Un jour, tu trouveras quelqu'un de bien.

– Arrête les violons Mike, tous ces trucs-là, ce n'est pas vraiment fait pour moi. Je me sens trop différent, et une partie de moi s'est exclue de la multitude.

J'entendis Mike se racler la gorge avant de hausser le ton.

– Idiot, ne sais-tu pas que souvent, rien qu'à ta voix, je perçois ta tristesse ? Toi, comme ton loup, vous avez besoin de quelqu'un. Tu n'y peux rien ! Et puis qui peut résister à ton torse velu ?

Un rire s'échappa tout seul de ma gorge.

– Mike, ce que tu viens de dire ça fait trop… gay ! Et puis, je rêve ou tu es jaloux de mon système pileux ?

– Ha ça ! Tu peux rêver en effet, et puis tout n'est pas dans le poil, souviens-t'en !

– Bon Mike, ce n'est pas tout ça, mais je vais te laisser. N'oublie pas de saluer ma sœur, et ma mère si tu la croises.

– À plus mec, n'oublie pas, lundi on veut te voir sans faute.

Après avoir coupé la conversation, je pris conscience que Mike n'avait fait aucune allusion à mon père. Ce qui était mieux ainsi, ça m'aurait encore pris la tête. Que ce manipulateur reste dans son monde, où il peut donner libre cours à sa soif de contrôle.

Un murmure venant de l'extérieur attira soudain mon attention. Je me relevai brusquement en me fracassant le crâne sur la couchette supérieure.

– S'il vous plaît, lâchez-moi ! Implorait une voix à peine audible.

– Tu veux qu'on t'emmène jusqu'au Canada petit ? Alors avant il va falloir te rendre utile en nous faisant beaucoup de bien !

– Nooon pas ça !

Ce « non » me glaça le sang. Je ne pouvais rester sans rien faire, même si ce n'est pas mon truc de jouer le preux chevalier. Je sautai dans mon pantalon, puis hors du camion, en prenant la direction d'où provenait la plainte.

Je discernai alors deux silhouettes fondues dans l'ombre des maigres arbustes qui bordaient le parking. M'approchant, je vis que l'un était plutôt grand et gros, portant un jean délavé surmonté d'un t-shirt maculé de taches graisseuses. L'autre, petit et maigre, arborait un jogging tout droit sorti de la boutique. On aurait dit un sportif du dimanche. À eux deux ils représentaient de vraies caricatures. Inutile de leur demander de préciser leurs intentions !

– Bonsoir ! Vous vous amusez bien, j'espère ?

Pour la première fois de ma vie, je prenais là le costume du héros, au lieu de poursuivre mon train-train quotidien ! Je vis alors que le plus maigre tenait fermement par le poignet un jeune garçon. J'eus du mal à percevoir son visage, mais considérant la scène il était temps d'intervenir.

– Qu'est-ce que tu veux, toi ? Postillonna le plus gros.

– Ordonne à ton pote le sportif de lâcher le gamin avant que j'appelle les flics !

Les deux gus me dévisagèrent sans réagir.

Je repris, nettement plus menaçant.

– Tu n'as pas entendu ce que je viens de dire ?

Gras du bide reprit la parole sans avoir progressé d'un neurone.

– Qu'est-ce que tu la ramènes toi, retourne jouer dans ton coin, fais pas chier ! À moins qu' t'aies envie de mater pour prendre du bon temps !

– Ce qui me débecte avec des types dans votre genre, c'est qu'ils se croient tout permis, sous prétexte qu'ils sont aussi moches à l'intérieur que dégueulasses à l'extérieur ! Ce qui ne doit pas être facile à vivre tous les jours !

Le gros resta bouche bée, visiblement pas habitué à ce qu'on lui tienne tête.

– Qu'est-ce que tu dis là, vas-y répète !

– Non, mais tu es sourd en plus ! Je viens de te traiter de gros porc ! Si toi et ton copain le nabot ne lâchez pas le gamin, ta tête ira dans ton cul, c'est clair ?

Oui bon, je venais d'entendre cette magnifique tirade dans un film, mais ils n'étaient pas censés le savoir !

La réaction fut immédiate. Le gros démarra en trombe et se jeta sur moi les poings serrés.

Il commença à me rouer de coups lents et lourds, mais finalement peu efficaces.

– Alors, tu vois comment il te répond le gros porc ? C'est qui qui rigole maintenant, hein ? Tony, tu gardes le gamin au chaud, on s'en occupera après.

Un frisson parcourut alors mon échine. Mes sens lycanthropiques commençaient à se réveiller.

Au moment où le poing du molosse s'apprêtait à me pulvériser la face, je n'eus plus d'autres choix. J'interceptai le boulet de ma main droite, interrompant tout net sa trajectoire. Ne maîtrisant plus ma force, je me mis illico à serrer ma prise. Un gémissement bovin et médusé sortit alors de la gorge du type, tandis que les os de sa main craquaient les uns après les autres, comme des noix entre elles !

– Je ne sais pas si c'est simplement cassé ou carrément en miettes, mais tu risques d'avoir super mal dans les années qui viennent. Alors, maintenant, dites bonne nuit au gamin et barrez-vous !

Pendant que le gros hurlait de plus belle en câlinant son poignet, je vis le Tony sortir un couteau papillon de sa poche, et le déplier à la vitesse de l'éclair. Mon cœur s'accéléra en observant la lame qui déjà entamait le cou du gamin. Mes ongles commencèrent alors à faire place à mes griffes. Mon loup réclamait sa part de justice.

Il était temps pour moi d'agir vite. Le risque de me retrouver avec un double meurtre sur le dos ne me plaisait guère. J'assénai alors un coup de genou retentissant dans le ventre du gros afin de calmer son désir de vengeance. L'impact lui coupa le souffle et il se rétama mollement sur le sol.

– Ne bouge plus ou je le plante, cria Tony, tout en reculant, la main tremblante, les yeux hagards. Une goutte de sang perlait au bout de la lame.

Le gamin n'allait pas tarder à tourner de l'œil. Je me mis à grogner. La métamorphose se poursuivait malgré moi. Le visage de Tony prit une mine étonnée et incrédule. De là, tout s'enchaîna très vite.

Comme dans un film en accéléré, je me retrouvai derrière Tony, un bras lui encerclant la tête, l'autre lui empoignant la base du cou.

Il était peut-être encore temps de ne pas totalement réveiller le loup qui s'éveillait en moi.

– Je te laisse deux options, dis-je calmement. La première, tu lâches ton couteau et tu te casses avec ton pote. La deuxième, je t'arrache la gorge.

Ma voix, qui elle aussi virait vers le bestial, fit son plus bel effet !

Après quelques secondes qui durent lui paraître une éternité, le jogger du dimanche lâcha son couteau et libéra le gamin.

– Emporte ton ordure de copain avec toi, dis-je alors sans avoir besoin d'insister.

Le nabot opina du chef, aida le gros qui pleurait, à soulever sa carcasse, et tous les deux s'évanouirent dans le noir.

Comment avais-je pu en arriver là ? À la limite de la transformation, au risque de les écorcher vif ! Je suis tellement occupé à fuir une partie de moi-même, que j'en ai oublié mon loup. Et mon passé s'impose alors d'autant plus.

Je mis quelques minutes à retrouver mon calme et mon humanité.

Le gamin était à terre, replié sur lui-même. Sous la faible lumière, je voyais ses cheveux hirsutes, brun foncé aux reflets dorés. Considérant son apparence et ses vêtements, il devait revenir de loin !

On aurait dit un gamin des rues, ou en fugue d'un l'orphelinat. En tout cas une proie facile pour deux salopards.

M'approchant de lui, je posai ma main sur son épaule. Son mouvement de recul ne m'étonna pas après ce qu'il venait de vivre.

Choisissant la voix la plus réconfortante de mon répertoire, je tentai une nouvelle approche :

– Hey, ça va aller, ne t'inquiète pas, ils sont partis. Je m'appelle Jethro. Je les ai entendus tout à l'heure, tu veux aller au Canada... Ça tombe bien, c'est ma route. Je ne peux pas te demander de me faire confiance, car c'est à toi de décider. Mais, si tu me suis, tu n'as rien à craindre.

Le garçon se retourna, et je restai le souffle coupé devant la beauté de son regard.

Même Mike, avec ses yeux bleus nuit, ne pouvait atteindre la comparaison !

Avec une nuance dominante bleu ciel, ils scintillaient d'un vert magnifique. Les deux couleurs se mêlaient parfaitement l'une à l'autre. Comme si le ciel et les forêts s'étaient entrechoqués.

Mais ses yeux à présent étaient en larmes. Des larmes silencieuses, en vagues abondantes, sur un visage à la peau lisse, mais ravagée par la peur. Du revers de mon pouce, je tentai d'assécher doucement le pleureur. À mon étonnement, il n'eut cette fois aucun mouvement de recul. Ses yeux si beaux plongèrent alors dans les miens, comme surpris. Je pris sa main pour l'aider à se relever. Sans un mot, serrant son sac à dos contre son ventre, il me suivit tête baissée.

– Tu as eu raison de ne pas leur montrer tes larmes, ils ne les méritaient pas !

Et me voilà malgré moi devenu philosophe à deux balles, preux chevalier ou apprenti héros ! Si, ça s'ébruite, je crois bien que je vais en entendre parler dans la meute !

Surtout venant de Mike. Mais je restai avant tout déstabilisé par la sensation étrange qui émanait du garçon.

CHAPITRE 2

Rompant le silence imposé par mon invité, je finis par lui proposer d'occuper la couchette supérieure. J'eus droit à un timide hochement de tête suivi d'une mine embarrassée. Quelques minutes après il sombra dans le sommeil.

Je veillai sur lui quelques heures. Il paraissait avoir dépassé de peu l'adolescence. Son sommeil était plutôt agité. Un moment, je crus percevoir en lui une vibration particulière. Puis son odeur changea en une fraction de seconde… comme s'il s'agissait d'un lycan ! Mais je devais délirer, mieux valait arrêter de cogiter et opter moi aussi pour un sommeil réparateur.

Je fus réveillé par le jour qui pointait à travers le pare-brise. La route attendait encore et toujours. Comment le réveiller, sans même connaître son prénom ?

Je choisis la manière douce, celle dite : du « remuage d'épaule ».

Le dormeur sursauta, se cogna lui aussi le crâne en s'asseyant, l'air hébété.

– Ça va aller ? lui demandai-je.

Il opina du chef les yeux mi-clos, tout en se massant le cuir chevelu.

– Ça te dirait de prendre une douche et de grignoter un bout avant de repartir ?

Cette proposition apparemment anodine le plongea dans un semblant de panique.

– T'inquiète pas, si tu n'as pas de quoi payer, ce n'est pas un souci. Je t'invite. Et je n'insinue pas que tu as l'air d'un SDF ! Enfin tu me comprends. Mais ça m'aiderait si tu sortais un ou deux mots, je ne t'en demande pas plus !

Il regarda alors son sac et je crus comprendre l'origine de son malaise. Le problème n'était pas le petit-déj., mais la douche.

– Ah d'accord, ne t'en fais pas pour ça, je te prête mon fourbi. Et tu sais pourquoi, à la prochaine boutique, tu pourras te prendre ton propre matos !

Toujours assis sur la couchette, il poussa un soupir en laissant son regard dans le vague.

La situation me parut soudain bien particulière.

Pourquoi, en si peu de temps, cet étranger prenait-il une telle place dans ma vie ?

Ce devait être le manque de sommeil, ou alors je ramollissais sérieusement. Ressaisis-toi Jethro !

Après la douche, je remarquai ses vêtements demeurés inchangés. J'avais vu juste, il devait faire la route depuis longtemps lui aussi, mais pas dans la cabine douillette d'un quinze tonnes !

– Allez, viens manger un truc, ce n'est pas bon de voyager le ventre vide.

Il me suivit sans rien dire, je n'en attendais pas moins.

La cafétéria sentait l'eau de javel du matin, à peine atténuée par l'odeur chaude des viennoiseries étalées sur le comptoir.

Pains au chocolat, croissants, muffins, je restai sidéré par la vitesse avec laquelle mon invité vida par deux fois la corbeille que je venais de poser sur la table. Je ne pus m'empêcher de rire de bon cœur. Sa maigreur indiquait qu'il avait encore de la marge !

– Bah, dis-moi, ça, c'est de l'appétit. Mais ce n'est pas tout ça, il faut qu'on y aille.

Ce qui vraiment me prenait la tête (si, comme mes sens l'indiquaient, ce garçon était de la famille) pourquoi avait-il refoulé son loup devant les deux abrutis ?

Un loup frustré reste un loup dangereux, pour lui-même et pour les autres. Il me parut nécessaire de faire un petit détour chez de vieux amis, afin de m'éclairer peut-être sur mon passager.

De retour au camion, le garçon se cala dans son siège, et donna le sentiment qu'il ne voulait désormais plus en bouger. Avec toujours les mains rivées sur son sac à dos qui lui semblait si précieux.

– Peux-tu me passer la pochette qui se trouve dans la boîte à gants, s'il te plaît ?

Il me la tendit comme si elle était sur le point d'exploser.

– T'inquiète, c'est juste mes CD. Vu que tu n'es pas encore prêt à tenir la conversation, je me suis dit pourquoi pas un peu de musique ? Je te préviens, j'ai tendance à chanter faux !

Pour la première fois depuis notre rencontre, un début de sourire éclaira son visage.

Le premier album s'écoula jusqu'au dernier morceau, mon préféré.

– Écoute celle-là, elle est super ! C'est comme si tu buvais un jus de fruits par les oreilles !

Et je me mis malgré moi à chantonner. (Mademoiselle K Someday)

– Someday, I'll find out, what I'm here for somewhere, I hate to, miss you loudly, miss you badly…

– J'adore cette musique, elle me fait un bien fou là-dedans.

Je sentis son regard se poser sur moi, comme si j'étais issu d'une autre planète. Quelqu'un avait-il déjà été aussi familier avec lui ?

Certains de mes penchants étaient en parfaite contradiction avec mon besoin de solitude. Mais ce gamin exprimait une détresse à laquelle je n'avais jamais été confronté.

Il s'endormit peu après.

Alors que je m'apprêtai à négocier un virage rendu délicat par les oscillations de la remorque en proie à un foutu vent de travers, voilà que le gamin se réveille subitement en poussant un hurlement de damné !

Ses yeux exorbités me foutèrent une telle trouille, que je ne pus éviter l'embardée, alors qu'un bahut du même gabarit que le mien arrivait en sens inverse.

Les taules de la carlingue claquèrent d'un coup sec sous l'effet de la pression, au moment où les deux monstres se frôlaient à quelques centimètres. J'eus le temps de voir la mine effarée du collègue qui croyait sa dernière minute arrivée.

Le corps liquéfié, je me garai quelques minutes après sur la bande d'arrêt d'urgence.

Mon passager s'était comme enroulé autour de lui-même, persuadé que j'allais l'étriper. Je ne cache pas que cette idée venait de me traverser l'esprit !

Apparemment, il n'avait rien vécu de la scène, mais venait tout juste de s'extraire du cauchemar infernal qui avait failli nous tuer.

– Eh bien, c'était moins une. La prochaine fois envoie un signal d'alarme ! Elle commence à devenir compliquée cette histoire ! D'autant que je ne sais plus vraiment quoi te dire. Jusqu'ici, je n'ai jamais eu à m'occuper de personne, à part de moi-même. Et en plus, il faut que je tombe sur un muet !

Nous arrivâmes « Chez nana » sur les coups de 11 h 30. En stoppant le camion, je vis que le parking était déjà quasi plein.

« Chez Nana », c'était le point de ralliement de toute la région. Garage, hôtel, restaurant, bar, bazar, lupanar. Un petit condensé du monde au milieu de nulle part.

Mon voyageur avait entre-temps retrouvé des couleurs, mais toujours pas la parole !

– Ici, dis-je, c'est un peu comme ma seconde famille, en dehors bien sûr de la meu... euh, de ma famille, au Canada ! Allez, secoue-toi, mais je te préviens, cette fois tu te débrouilles pour passer commande !

Je reconnus immédiatement la voix familière d'Anna que tout le monde à trois cents bornes à la ronde appelait Nana.

Ce qui se passa ensuite défia l'entendement. Au moment où Anna venait vers nous en me gratifiant de ce sourire unique dont elle garde le secret, le gamin poussa une sorte de feulement en criant : « maman ! ».

Cette fois ce n'était pas la terreur qui le transportait, mais quelque chose qui ressemblait à un amour démesuré, irrépressible !

Puis il tomba comme un vieux manteau, s'évanouit sur le carrelage de l'entrée, devant une centaine de convives subitement figés dans le silence.

– Eh, Jethro, dit Nana, je t'ai connu plus discret ! C'est sûrement la première fois que tu fais une entrée aussi remarquée !

C'est bon tout le monde, hurla-t-elle, le spectacle est terminé. Steve, tu prends le relais, je m'absente un peu. Allez, amène ton pote dans le bureau !

Soulevant « le vieux manteau » qui ne pesait pas lourd, je suivis Nana en prenant le couloir qui menait à son bureau. Elle poussa la porte et nous fit entrer en s'assurant que personne ne suivait.

– Tiens, allonge-le là, dit Nana en me montrant le canapé.

Mon protégé, qui entre-temps était revenu du pays des songes, ne me lâcha pas du regard, et comprit tout de suite à quel point j'admirais cette petite « Nana ».

Ses longs cheveux brun clair, ses yeux bleus nuit presque noirs ne faisaient pas d'elle une louve très puissante. Pourtant, du haut de ses 1 m 60, Nana savait tenir tête à n'importe qui.

Elle me serra alors dans ses bras un long moment. Cela faisait tellement longtemps. L'aura de cette louve Alpha apaisa illico mon angoisse naissante. Nous nous éloignâmes au fond du bureau.

– Alors, dis-moi, c'est qui ce jeune type ?

Je lui expliquai tout en détail, en commençant par son sauvetage, sans omettre son mutisme pesant. J'évoquai même à demi-mots la présence que j'avais cru percevoir en lui.

– Et pour couronner le tout, il a failli nous envoyer dans le décor !

– Jethro, c'est bien la première fois que je te vois jouer les bons samaritains. Dis donc, ton loustic a l'air de pas mal tenir à son sac, tu n'as pas pensé à y jeter un œil, simplement, par curiosité ?

– Je ne vais pas fouiller dans ses affaires, ce n'est pas mon genre !

– Avec ta carrure, tu as dû l'impressionner ou l'intimider. Il est si maigre qu'on voit le jour à travers, il a l'air d'avoir sérieusement galéré !

– Je n'ai pas l'âme d'une assistante sociale Nana, et pourtant je n'arrive pas à le laisser seul dans sa mouise.

– Bon, je vais m'occuper de lui le temps que tu récupères un peu. Ne t'inquiète pas, il est entre de bonnes mains. Au fait, Frank est en cuisine, commande le plat du jour, ça lui plaira !

Rejoignant la salle redevenue l'endroit le plus sonore de la galaxie, je m'assis à l'une des seules tables encore disponibles, et commandai comme convenu le plat du jour : « le hamburger du chef sur son autoroute de frites maison », à un serveur que je ne connaissais pas.

Plutôt pas mal d'ailleurs. C'était le Steve de tout à l'heure, d'ailleurs c'était écrit dessus, ou plutôt sur une étiquette agrafée à sa chemise blanche. Le corps haut et fin, les cheveux blond caramel coupés court, une mèche sur la droite du front. À son regard fuyant, je compris que je ne devais pas le laisser insensible non plus.

La phrase de Mike me revint alors à l'esprit : ça fait combien de temps que tu ne t'es pas envoyé en l'air ?

– Excuse-moi Steve, tu peux m'apporter une carafe d'eau bien fraîche, et prévenir le chef qu'il a de la visite ?

– Je vous apporte ça tout de suite et je transmets votre message.

Quand il revint avec le pichet d'eau, il se pencha, me murmurant à l'oreille :

– Je termine mon service à 14 h, si vous voulez, après, on pourrait boire un verre histoire de… discuter un peu ?

Je ne répondis pas et le laissai mariner. Du calme Steve, je ne suis pas le premier venu. Ce type veut discuter, mon œil ! S'il paraît doué avec sa langue, ce n'est pas uniquement pour la parlotte !

Comme ils me manquaient les hamburgers de Frank ! Ça faisait bien quatre ou six mois que je ne m'étais pas posé dans le coin. Et dire que Franck est le frère de mon père. Si j'avais été son fils, tout aurait été beaucoup plus simple. Et avoir « Nana » pour mère, le grand bonheur.

Une odeur familière me parvint aux narines en même temps que le plat du jour.

– Tu sens la graisse et la sueur, beurk ! Dis-je à Franck qui déjà m'étouffait dans ses bras.

– Va bosser en cuisine, gros nigaud, et on en reparle !

Il desserra son étreinte et prit la chaise en face de moi.

– Je ne te dérange pas pendant ton service au moins ?

– Non, t'inquiète, j'ai deux commis au top cette année.

– Alors comment va le futur grand-père ?

– Ça me fait encore bizarre. Je n'ai pas réalisé que le temps passe si vite, mais je m'y fais.

– Ça va être un sacré louveteau, j'en suis sûr.

– S'il tient de sa grand-mère, sûr qu'il saura se faire entendre !

– Mike te ressemble de plus en plus. Il a hérité de tes cheveux indomptables.

– Et si on parlait de toi pour changer un peu ?

– Moi ? Pas grand-chose de neuf, toujours le même train-train…

– Tu es sûr ? Tu parles d'un train-train, ce mystérieux garçon tombé dans les pommes !

– Ha ça ! Ce n'était pas prévu au programme !

Je lui racontai toute l'histoire, et comme Nana, Franck ne laissa rien paraître.

– Il y a une chose qui me chiffonne, dit-il en baissant le ton, tu l'as sauvé sans faire appel à ton loup ?

– Heu… oui.

– Jethro, tu ne sais pas mentir, dit la vérité !

– Bon OK, j'ai bien failli perdre le contrôle, mais j'ai plutôt bien géré, tout seul comme un grand.

– Depuis combien de temps ne t'es-tu pas laissé aller jusqu'au bout ?

– Une ou deux semaines au plus. Je ne sais plus.

– Arrête, tu crois pouvoir m'embobiner ?

J'évitais son regard, et engloutissais frite sur frite. J'avais l'impression d'être un ado tout penaud devant une connerie. Ça ne me plaisait pas de mentir à Franck, mais je peinais à devoir encore me justifier.

– Jethro, montre-moi tes mains sans rechigner.

– Tu ne me fais pas confiance ?

– Pas aujourd'hui, car je sais que tu mens. Ce qui veut dire que ça doit faire longtemps que ton loup ne s'est pas exprimé.

Je lui présentai ma main droite qu'il observa une seconde, puis qu'il commença à serrer sans ménagement.

Chez les lycans, cela s'appelle l'épreuve de durée, elle permet de savoir si un loup s'est transformé récemment. Il s'agit de garder la maîtrise de ses griffes le plus longtemps possible. Franck serra de plus en plus fort. Je ne parvins plus à me concentrer et doucement, malgré moi, mes griffes effacèrent mes ongles. Franck lâcha ma main puis reprit la parole d'une voix posée.

– Alors, dis-moi, ça fait combien de temps ?

– Je ne sais plus, 6, 7… mois.

– Finis ton repas et viens me rejoindre à l'appartement. N'aie crainte, ce n'est pas pour te remonter les bretelles, tu as passé l'âge, mais pour te conseiller.

Je hochai la tête, et quelques minutes après toquai à sa porte. Sa voix retentit et m'invita à entrer. L'appartement n'avait pas trop changé, du moins d'après mes souvenirs. Le genre d'endroit où, sans trop savoir pourquoi, on a, à l'instant, envie de poser ses valises.

Le nœud qui me triturait le ventre ne lâchait pas prise. Franck me fit signe de le rejoindre sur la terrasse.

– Idiot, pourquoi ne t'occupes-tu pas mieux de ton loup, merde ! Jethro, tu sais bien qu'un loup frustré peut devenir incontrôlable. Sept mois, te rends-tu comptes ?

– Tu disais que tu voulais me voir pour me donner des conseils, c'est mal parti !

– Une part de moi est en colère, c'est vrai, mais je suis ton oncle avant tout ! Alors, dis-moi ce que tu as, bordel ! Tu as une meute qui t'aime, pourquoi fuis-tu ainsi ?

– Tu veux vraiment savoir, eh bien je vais te répondre ! Tout le monde idéalise mon père, mais personne ne le connaît vraiment. Quand il a su que j'avais le potentiel pour devenir Alpha, il m'a imposé entraînement sur entraînement à un rythme effréné. Pour que je me perde moi-même et me soumette. Tout ce qu'il pouvait, il le déléguait à son Prélat. Pour m'humilier, je suppose, dans une forme de mise à l'épreuve. Je voyais mes amis épanouis et heureux, alors que j'étais de plus en plus seul. Mon père ne voulait rien voir. Seule sa volonté comptait. Ce n'est pas comme cela que l'on considère un fils !

Frank tenta de m'interrompre, mais je le coupai net.

– Laisse-moi terminer, tu pourras m'infliger tes commentaires après. Plus tard, je lui ai demandé pourquoi il s'occupait plus de ma sœur que de moi. Il m'a répondu que les filles avaient besoin de beaucoup plus d'attention que les garçons, qui eux, pouvaient et devaient s'accommoder de la dureté de la vie. Plus tard, quand il s'est aperçu que je préférais les hommes, ce fut le drame. Il s'est alors acharné sur ma mère. Comme si elle était responsable ! Elle a été la seule à lui tenir tête, à affirmer que le plus important n'était pas le genre de la personne aimée ! Je me souviendrai toujours de ce que mon père lui a dit, il hurlait comme un fou « Arrête de lui donner raison, tout ça, c'est du délire. Être pédé pour un futur Alpha c'est une honte, et c'est contre nature ! »

– Jethro, je ne savais pas… je suis désolé…

– Quelques jours après, tout mon entourage s'est mis à me fuir. Même Mike, et Troy !

Pour la première fois de ma vie, j'ai pensé que la mort pouvait être une issue. Mike m'a alors informé que mon père avait dressé contre moi tous les membres de la meute, et ordonné qu'ils évitent dorénavant de m'approcher. Soi-disant que j'étais perturbé, comme au bord de la maladie mentale ! Contagieux aussi, je suppose !

– Je me souviens en effet des jours qui ont suivi, dit Franck le regard soudain perdu au loin… Mike t'avait amené à la maison pour les vacances, en prétextant qu'il fallait que tu te changes les idées. Tu t'étais enfermé dans la chambre, aussi bavard qu'un caillou. Anna t'avait réconforté et avait tenté de comprendre. En te jetant dans ses bras, tu lui avais annoncé que tu aimais les garçons ! Sur le moment, je n'avais pas pris la chose au sérieux, c'est le genre de vertige qui arrive souvent à l'adolescence. Mais avec ce que tu viens de me dire, tout ça prend un tout autre sens.

Des larmes se mirent à me brouiller la vue, je distinguai à peine Frank…

– Alors c'est vrai, que je ne me transforme peut-être pas aussi souvent que je le devrais, comme tu dis ! Mais au moins j'ai gardé ma liberté ! Et si tu savais Franck, à quel point j'enviais Mike.

– Pourquoi ?

– Car il vous avait comme parents. Combien de fois ai-je rêvé d'échanger ma place contre la sienne. Le cœur déchiré, je vous observais quand vous le preniez dans vos bras ! Alors que ma vie n'était plus qu'un parcours du combattant, une vie de forçat qui a forgé l'être solitaire que je suis devenu.

Franck s'approcha de moi et me serra dans ses bras. Plaquant ma tête contre sa poitrine, je constatai que son odeur de cuisine avait fait place à un parfum de pin ou de cèdre.

– Bon, si on changeait de sujet, tu m'as foutu le blues avec tes conneries ! Ça te dirait de rester ce soir, on irait faire un tour dans la réserve ? Coupa Frank

– Je ne peux pas, j'ai encore pas mal de route.

La voix de Nana vint interrompre nos épanchements de mâles en quête d'affection.

– Il s'est réveillé ton jeune protégé, dit-elle, et je peux te confirmer ton pressentiment, il s'agit bien de l'un des nôtres.

– Il t'a dit quoi Nana ?

– J'ai promis de garder son histoire au frais jusqu'à ce qu'il accepte de t'en parler. Je peux juste te dire que tu l'as extrait d'un sombre cauchemar !

– Chérie, excuse-moi, dit Franck, mais Jethro s'est proposé de rester ici pour ce soir. On comptait même aller courir un peu dans la réserve !

– Non, mais, c'est lui qui… Mais j'hallucine, ça se confirme, tel père, tel fils ! dis-je en riant de bon cœur. Ce qui me fit un bien fou !

– Bon, si on allait voir ce jeune loup ! termina Anna.

Dans le bureau, je retrouvai mon bel inconnu toujours à la même place, à la différence près qu'il était en train de dévorer un méga sandwich que lui avait préparé Super Nana.

– Salut p'tit gars, ma tante vient de nous dire que tu venais de retrouver la parole !

Le garçon leva doucement les yeux vers moi et Frank explosa de rire !

– Jethro, du calme, je pense que tu l'intimides toujours, ce serait dommage qu'il reparte vers le silence ! Tant d'efforts gâchés.

– Bon, alors, fin du suspense, je vous présente Nowam ! dit Nana, vous n'en saurez pas plus pour le moment. Et maintenant, foutez-moi le camp, Nowam et moi on a encore des choses à se dire !

Nous nous retrouvâmes Franck et moi, comme deux idiots sur le palier du bureau !

– Franck, à quoi penses-tu ?

– Je pense que tu as l'air jaloux du fait que ma louve arrive à converser avec ton ami !

– Pas du tout !

– Oui c'est ça, à d'autres ! Allez viens, je vais te mettre la pâtée du siècle avec la console du salon. J'ai un super jeu, ça va nous changer les idées !

La fin de l'après-midi passa vite en effet. Comme quoi, même les jeux les plus débiles peuvent avoir des effets bénéfiques !

Franck regarda machinalement sa montre et sauta d'un bon en balançant la manette sur le canapé :

– Le resto ouvre à 19 h 30 et il est presque 18 h, panique

à bord ! Jethro, rapplique dès l'ouverture, c'est là que c'est le plus calme, et c'est la maison qui offre !

J'entendis la porte claquer derrière moi et me retrouvai seul. Je me demandais ce que Nowam pouvait bien dire à Nana.

Ma tante devait prendre très au sérieux son rôle de louve protectrice. Chez les lycans, les marques du temps sont moindres que chez les humains. Nana en était l'exemple parfait, et Nowam ne s'était probablement pas aperçu qu'elle avait amplement l'âge d'être sa mère !

Nowam. Finalement ça lui allait bien comme prénom ! Qui sait, peut-être que Franck avait raison, je devais être jaloux des attentions que ma louve préférée portait à ce gamin sorti de nulle part.

– Jethro… Jethro, réveille-toi. Allez debout, la salle va être bondée, il est presque 20 h, ouste !

– Muhm, pas faim m'man…

– C'est Nana, idiot !

Je me réveillai en sursaut et mis quelques secondes à faire le point.

– Tu disais quoi déjà !

– Bouge ton cul et va manger. Un dénommé Nowam t'attend en bas. Je vous ai réservé la meilleure table, c'est le moment de faire ton numéro de charme !

Tiens avant que j'oublie, prends ça aussi. Tu lui diras que c'est de ta part.

Elle me tendit un sac en papier froissé dans lequel se trouvait une veste à capuche.

– Il lorgnait dessus tout à l'heure alors, bref tu verras.

– Je me passe de l'eau sur le visage et j'arrive.

CHAPITRE 3

J'eus tout d'abord du mal à le reconnaître, assis calmement à la table choisie par la maîtresse des lieux. Probablement le résultat de « l'effet Nana » !

La métamorphose s'imposa alors à mes yeux. Ma tante lui avait coupé les cheveux en y mettant du style, le sien. Une mèche de ses cheveux bruns au reflet doré tombait dorénavant nonchalamment sur le côté gauche.

Il portait aussi des vêtements différents, empruntés sûrement à Mike. Anna était devenue sa bonne fée ! Les yeux bleu vert de Nowam arboraient à présent une densité qui me déstabilisait totalement.

– Tu es très élégant Nowam, félicitations. Je peux m'asseoir ?

Mon rescapé ne répondit pas, et je lui tendis le cadeau concocté par Nana.

Pour la première fois depuis ma rencontre avec lui, je vis un véritable sourire envahir son visage. Un sourire magnifique, triste et joyeux à la fois.

– Merci… En dehors de toutes les attentions d'Anna cet après-midi, c'est la première fois que l'on m'offre un cadeau.

– Non, sérieux, tu parles ? Venant de toi, je prends ça pour un cadeau !

Dans son regard apparut de nouveau cette étrange lueur aperçue tout à l'heure. Peut-être était-il parvenu à réveiller une partie du loup qui sommeillait en lui ? Si tel était le cas, il maîtrisait mieux ses émotions que je ne l'imaginais.

Il sortit alors une veste à capuche du sac. Sur le devant, un superbe loup brodé de fil bleu hurlait à la lune, le dessin identique se reproduisait à l'arrière, mais en plus gros ! Le sourire de Nowam s'illumina de nouveau.

– Encore merci, rajouta-t-il.

Comment quelqu'un comme lui pouvait-il se retrouver à errer en bordure d'autoroute ? pensai-je.

Je rompis le silence qui s'installait en lui proposant de passer commande.

– Tout a l'air bon, dit-il, les yeux de nouveau dans le vague. Je n'ai pas l'habitude des vrais repas.

– Pourquoi, que mangeais-tu avant ?

– De la pâtée, répondit-il avec un calme déconcertant.

– De la pât… ! Tu veux dire… de la pâtée… comme pour les chiens ?

L'absence de réponse était éloquente, et je préférai ne pas poursuivre sur le sujet.

– Tu vas t'en apercevoir de toi-même, la cuisine de Frank est excellente. Toute la région se bouscule pour s'asseoir à sa table.

Le serveur arriva, c'était Steve. Qui tirait une tête de six pieds de long ! Il faut dire que j'avais totalement zappé son invitation. Son regard hésitait entre Nowam et moi, ne sachant où se fixer. Il devait s'imaginer bien des choses, et franchement ce n'était pas mon problème !

Nowam et moi commandâmes deux hamburgers de compétition, saignants comme de bien entendu ! En matière de repas je ne suis pas un aventurier, j'ai avant tout besoin de me rassurer.

J'attendais depuis quasiment deux jours que Nowam retrouve la parole, et maintenant c'était moi qui cherchais mes mots.

Je sortis alors la phrase la plus stupide du moment !

– Qu'est-ce que tu aimes dans la vie en dehors des hamburgers et des loups qui hurlent sous la lune ?

Nowam sourit : « Je pense que j'aimerais lire enfin de vrais livres ! »

« Enfin, lire de vrais livres… », en entendant Nowam parler une fois de plus un français si parfait, j'oubliais que pour un Canadien comme moi, être bilingue était quasi aussi naturel que le sirop d'érable.

Dans tout le Canada, on pouvait ainsi dans la même phrase, passer du français à l'anglais sans même s'en rendre compte.

– Nowam, d'où te vient cette maîtrise du français ?

– Là d'où je viens, je n'avais pas le choix, je devais apprendre, sinon je… j'étais… excuse-moi…

Ses souvenirs m'en rappelaient d'autres.

Son visage se fana soudain et devint livide, comme hanté par le passé. Heureusement, le beau Steve se pointa avec notre commande.

Nous déjeunâmes ensuite tous les deux en silence, soucieux de ne point réveiller nos vieux démons. Du moins pour le moment.

Lorsque je repense à cette soirée, je me dis qu'Anna avait vraiment tout bien préparé. De retour dans l'appartement, nous restâmes avachis comme de vieux amis devant la télévision, à attendre le retour de nos hôtes.

Frank entra le premier sans crier gare, comme d'habitude.

– Alors les p'tits loups, on se la coule douce à ce que je vois. Nana et moi on se change et on fonce à la réserve, bien sûr, vous deux, vous venez avec nous !

Vers minuit, nous grimpâmes dans le vieux pick-up bleu

pétrole de Frank. Une demi-heure après, nous arrivâmes aux limites des terres, que jadis mon père avait permis à Frank et à Anna d'acquérir. L'une des rares bonnes actions de sa vie d'ailleurs ! Anna prit la parole :

– À partir d'ici, plus de trois hectares de terrain clôturé sont gardés par Sam. Il y vit avec sa famille. C'est un jeune couple très sympa. Sam vérifie les laissez-passer de tous ceux qui viennent par ici. « Les Terres neutres », elles ont été nommées ainsi par les loups. Ceux qui se sentent exclus, et tous ceux qui ont besoin de se lâcher un peu viennent ici. Bien sûr, avant, il faut « montrer patte blanche », façon de parler ! Pour les humains, c'est une réserve sauvage animalière. Et c'est très bien comme ça !

Nowam parut conquis devant l'exposé de Nana, au moment où un homme de bonne taille armé d'une lampe de poche arriva à notre hauteur en nous éblouissant :

– Bonsoir, est-ce que je pourrais voir vos... Ha, Anna, Franck, cela me fait plaisir ! Alors une petite balade en amoureux ?

– Non pas cette fois Sam, répondit Franck, je suis en famille, avec mon neveu et un jeune loup. Désolé de nous pointer à cette heure.

– Il n'y a pas d'heure pour avoir envie de humer l'odeur de la forêt, et puis je suis là pour ça.

– Anna ? demandai-je à voix basse, Sam est un loup gris non ?

– Ça se voit tant que ça ? Sam est venu ici il y a quelques années. C'est alors qu'il est tombé amoureux d'une belle louve nommée Estelle. Auparavant il appartenait à la meute des « Gris de l'ombre ».

– Ne serait-ce pas la meute de loups gris qui, si besoin, tuent sur ordre du conseil des meutes ?

– Tout juste, Jethro. Quelques mois après leur rencontre, Sam et Estelle ont rompu pour cette raison avec leur clan.

Les loups gris sont réputés pour être d'excellents tueurs. Le fonctionnement de leurs émotions est différent du nôtre. Quand par exemple ils trouvent leurs liens, leur caractère de glace s'adoucit pour laisser place à des êtres aux émotions exacerbées. Lorsqu'ils ont l'apparence des hommes, on les reconnaît grâce à leurs cheveux gris argenté qu'ils ont dès la naissance.

– Regarde Jethro, dit Anna en montrant les abords d'une maison en partie cachée sous les arbres, c'est là qu'ils vivent, près du poste de garde.

Sam rajouta :

– La nuit est belle et étoilée, ne perdez pas de temps et profitez-en.

Frank gara le 4X4 un peu plus loin. J'aperçus dans une petite clairière, une sorte de préau, à l'abri duquel se trouvaient disposés des casiers fermant à clé. Sûrement afin d'y entreposer ses effets personnels.

– Allez ! Terminus, tout le monde descend dit Frank.

Nowam se mit à me regarder d'un air inquiet.

– Tu n'as pas à t'en faire, personne ne te forcera à montrer ton loup.

– C'est que je ne me suis… jamais… jamais transformé !

– Je comprends, ne t'en fais pas, tu ne seras pas obligé de nous suivre, Nana restera près de toi.

Nowam hocha la tête. Je ne sais pas si je l'avais totalement rassuré. Pendant ce temps, Frank s'était déjà quasi dénudé.

– Allez, on se remue, où tous les pauvres mammifères qui traverseront ma route seront pour moi !

– Rêve toujours, il y a longtemps que tu ne m'as pas vu courir.

– Ah parce que tu sais encore courir ?

Deux minutes plus tard, casier fermé et déjà transformé, je m'engageai en courant dans la forêt.

Tout devint alors immédiatement plus intense, comme toujours lorsque l'on s'abandonne à son loup.

Tous les sens, sans exception, sont exacerbés. La vue s'adapte aux forêts les plus sombres, l'odorat agit sur plusieurs kilomètres à la ronde, et les oreilles captent les ultrasons les plus infimes. « Si tous les loups sont nyctalopes, la réciproque est loin d'être prouvée », proclame souvent Mike !

Je rattrapai Frank qui venait d'être surpris par un lièvre, ayant eu la malencontreuse idée de fureter dans le coin. Erreur fatale ! Un bon sur le côté, et emporté par ma vitesse, je lui ravis sa proie en une fraction de seconde. Un petit cri s'échappa de l'animal, et c'en était déjà fini de lui. Blessé dans son amour-propre, Franck se mit à me poursuivre en redoublant d'efforts. Alors que j'augmentai la cadence comme un malade, je le vis tout à coup passer au-dessus de moi ! Il venait d'emprunter un long promontoire de terre sur ma droite ! Il bifurqua en arrivant à ma hauteur, prit littéralement son envol et saisit in extremis l'arrière de la bête qui pendait de ma gueule. Dans un « crac » morbide, sa mâchoire se referma comme celle d'un crocodile. Frank m'avait, une fois de plus, bluffé par sa hardiesse, devenue légendaire dans ces contrées. Mais pas question de lâcher, question d'honneur. Et le pauvre lièvre s'étira jusqu'à se déchirer en deux parties sanguinolentes !

Frank et moi poursuivîmes notre course, chacun tenant un pitoyable morceau de l'animal. Triste fin pour ce lupus !

Cette chasse amicale me fit le plus grand bien en dépit de son issue pathétique. Deux loups contre un lièvre, pas de quoi frimer et relater l'exploit dans « LycanMag » !

Mais j'aime, par-dessus tout, cette double vie, et pour rien au monde je ne renoncerais à ces sensations de puissance si grisantes, que seuls les lycanthropes peuvent comprendre.

Après cette longue course effrénée, nous arrivâmes aux

abords d'un lac. La vue qui s'offrait alors me fit lâcher mon butin. Le ciel étoilé et la lune se reflétaient à la perfection sur l'eau à peine troublée par le vent du soir. Il me manquait quelqu'un avec qui partager ce spectacle. Dommage que Nowam était resté en arrière. Je devenais un peu trop sentimental. Il faut dire que mon loup ne s'était pas accouplé depuis longtemps, une frustration que ma condition du moment décuplait.

De son côté, Frank plongea ses crocs dans son demi-lièvre, et se laissa emporter par toute son animalité.

Rassasié, il lança le signal, et à l'unisson nous hurlâmes à la lune ! Des canards sauvages s'envolèrent et déchirèrent en oblique le disque lunaire.

Le son se propagea longtemps dans cette nuit si agréablement fraîche. Je me penchai au-dessus de l'eau et observai mon reflet. Un loup à la robe anthracite et aux yeux orangés traversés de reflets mordorés m'observait. Mon loup, dans toute sa splendeur et en pleine force de l'âge. Frank rinça sa gueule encore tout ensanglantée, et reprit très rapidement sa forme humaine. Il s'assit sur un imposant tronc d'arbre, si parfait qu'on eut dit qu'il avait été posé là exprès. Après avoir quitté mon loup à mon tour, je contemplai le tatouage ornant l'épaule gauche de mon oncle. Un loup tribal, le nez levé, comme perdu dans les brumes au cœur d'une forêt.

– Dis-moi, Frank, comment est-ce au moment où le tatoueur rentre en action ?

– Tu n'imagines même pas. Ça dépend des parties du corps, mais l'aiguille ce n'est rien. Les lycans cicatrisent vite, et pour les tatouages c'est pareil. C'est après que ça se corse. Car une fois que le dessin est fait, il faut l'empêcher de disparaître.

– Et alors ?

– Alors, il n'y a pas d'autres solutions que de le marquer au fer !

– Au fer ?

– Oui. Le type chauffe un fer à blanc de la surface du dessin, et l'applique une fraction de seconde. Autrement dit une éternité. La plupart tombent dans les vapes. Le jour d'après, la brûlure n'est plus qu'un douloureux souvenir, et il ne reste que le tatouage.

– Eh bien, pas très encourageant comme trip !

– Tu sais, il y a pire pour un loup. Là, au moins, c'est lui qui choisit sa souffrance.

– Je pensais m'en faire un plus tard, mais avec ce que tu viens de me décrire…

– Sais-tu que la douleur ressentie accentue l'importance du tatouage aux yeux du tatoué ?

– Je ne suis pas maso oncle Frank !

– Cette douleur n'est rien comparée à celle que tu vas t'infliger dans les temps qui viennent.

– Qu'est-ce que tu veux dire par là ?

– Je ne perçois pas toutes les raisons qui t'ont poussé à sauver Nowam. Si c'est uniquement pour remédier à ta solitude, sache que ce n'est pas très glorieux. Mais maintenant c'est trop tard, il ne peut se passer de ton aide, lui et son loup. Ne va pas te vexer, mais tu n'es pas le plus responsable des lycans ! Pour son bien, Nowam va avoir besoin d'une meute, et tu vas devoir demander à ton père de l'intégrer.

Je ne bronchai pas, et me dis qu'il avait raison sur certains points. Si je devais envisager l'intégration de Nowam, que me demanderait mon père en contrepartie. Avec lui rien n'est gratuit, et le simple fait de devoir négocier avec cet homme me rendait malade !

Sans dire que Nowam remettrait le feu aux poudres sur le thème du « pédé » indigne d'être son fils.

– Jethro, avoue qu'en deux jours à peine, ce garçon a réussi à fissurer ta carapace, poursuivit Frank qui semblait lire dans mes pensées. Maintenant qu'il plaît à ton loup, tu ne pourras pas t'en débarrasser comme si de rien n'était !

– Je voulais juste lui montrer que le monde n'est pas si mauvais ! Nos chemins se sépareront probablement à Montréal. Là-bas, il aura de grandes chances de s'en sortir. C'est une grande ville. De plus il ne gagnerait rien à rester avec moi.

– Tu sais, avec Anna, ça a été le coup de foudre dès que j'ai posé les yeux sur elle.

Mon loup a su qu'elle était mon « lien » bien avant moi ! Il n'y a que lorsque j'ai identifié son odeur de cannelle acidulée, mêlée à de subtiles nuances de pommes, que l'homme que je suis a pu rejoindre la bête que j'abrite. À moins que ce soit le contraire ! À ce moment précis, Anna et moi avons su que nous devions nous unir pour la vie.

Mais ça n'a pas été facile, tu imagines, une louve Alpha avec un Bêta ! Ton père… enfin, mon frère, était jaloux.

De fortes tensions sont soudain apparues entre nous. Mais on a beau faire, on ne peut pas aller à l'encontre de son « lien ».

– OK, Franck, je crois que Nowam plaît à mon loup. Mais je tiens quand même à rester maître de moi-même.

– Personne ne peut prétendre être totalement maître de soi-même. Quand tu t'attarderas sur l'odeur de son loup, tu sauras de quoi je parle, crois-moi ! Et l'autre partie de toi n'en mènera pas large !

– Peut-être ne suis-je pas fait pour l'engagement amoureux. J'ai vécu, toute mon adolescence, quasi seul. Avoir quelqu'un à mes côtés tous les jours, je ne pense pas que ce soit fait pour moi.

– Arrête avec tes clichés tout droit sortis de la collection Arlequin ! Ne te fuis pas toi-même ! Si tu acceptes qui tu es, dans ta globalité, tu grandiras en harmonie. Sinon tu seras toujours en lutte et pourrais y laisser ta peau ! Et peu importe ce que dira la meute. Quand tu reconnaîtras ton lien, ils n'y pourront rien.

– Tu m'as bien raconté que lorsque mon père est devenu Alpha, il t'a poussé à fuir, à cause de la pression qu'il avait exercée !

– C'est différent Jethro, et puis les choses se sont calmées entre ton père et moi, surtout depuis que Mike a rencontré ta sœur.

– Bon, ils doivent s'impatienter, allons les rejoindre.

Nous fîmes le chemin de retour sans dire un mot, et en émergeant de la forêt, je les vis assis sur un banc proche des cassiers.

CHAPITRE 4

Le réveil sonna dans la chambre de Mike, affichant 8 h 30. Je tombai du lit en maugréant : « Je devrais déjà avoir fait deux cents bornes ! » Mais bon, la journée d'hier était un sacré bon souvenir à conserver précieusement. En claquant la porte derrière moi, je fus immédiatement saisi par l'odeur du café. Anna, Franck et Nowam étaient déjà réunis autour d'un copieux petit déjeuner. Ils se tournèrent vers moi à l'unisson, et se regardèrent en silence. Frank éclata alors subitement de rire, et je crus qu'il allait s'étouffer.

– Qu'est-ce qui ne va pas, pourquoi me regardez-vous comme ça ?

Nowam restait bouche bée, et Nana, qui se retenait pour ne pas s'esclaffer, prit finalement la parole.

– Jethro, si tu ne vas pas enfiler un pantalon dans la minute qui suit, je te coupe tout ce qui dépasse !

Je baissai les yeux, et restai en arrêt devant le chapiteau érigé sous mon caleçon. Jamais une situation aussi embarrassante ne m'était arrivée, et, en un quart de seconde, je fis demi-tour sous les rires et les quolibets.

Je revins quelques minutes plus tard en regardant mes pieds, tout en m'efforçant de parler de la route qui m'attendait.

C'est Nowam qui cette fois se mit à rire, et à cet instant précis, j'eus l'impression qu'il venait de trouver sa place dans sa nouvelle famille.

Nana prit son appareil photo et immortalisa le moment, non sans oublier de me faire remarquer, que pour une fois que j'exprimais une forme de bonheur, il ne fallait pas rater ça !

– J'espère les revoir bientôt ! dit Nowam au moment où le bahut s'engagea sur l'autoroute.

– Ne t'en fais pas, si entre-temps tu n'as pas pris la poudre d'escampette, tu les reverras vite !

Nowam me regarda avec cet air de cocker qui le caractérise quand il se laisse aller à la mélancolie.

– Merci de m'avoir accepté dans ton camion Jethro. J'ai une question, à te poser. As-tu déjà été heureux ?

– J'avoue que j'ai du mal à m'en souvenir. Mais c'est probable…

– Pour moi c'est simple, c'est depuis que je t'ai rencontré que je pense être heureux !

– Du calme Nowam ! Et cela n'a rien à voir avec l'importance que tu représentes à mes yeux. Mais je crois ne pas être la personne en qui tu puisses avoir pleinement confiance.

Nowam contint un début de colère, et je fus surpris de constater qu'il semblait capable de sortir de ses gonds.

– Tu n'as pas le droit de dire ça ! Tu m'as extrait de mes cauchemars et maintenant tu me retires l'échelle ?

Un silence s'imposa dans la cabine, dont je profitai afin de changer de sujet. Je me mis alors à chanter sur le CD de MADEMOISELLE K (final) !

« Même quand je ferme les yeux, je vois les gens, et j'imagine vos vies où vous étiez là juste avant. Pourquoi êtes-vous venus ici ? Pourquoi êtes-vous restés ? C'est que ça vous a plu ? Est-ce que ça vous a plu ? Est-ce que vous reviendrez ? »

Midi arriva vite et nous reprîmes la route après un repas rapide. Nowam était songeur, moi aussi, personne n'osant troubler la quiétude de l'autre.

J'avoue que ma préoccupation essentielle du moment était que chaque jour qui passait me rapprochait un peu plus de mon père.

Je ne l'avais pas encore contacté pour l'informer de la présence de Nowam. Les lois des lycans sont très strictes sur le sujet. Un loup étranger, même jeune, risque gros quand il s'impose sur un territoire qui n'est pas le sien. Mais l'avenir de Nowam devait passer par là.

Je prendrai le temps de l'appeler demain.

MADEMOISELLE K (ça sent L'été) poursuivit son concert dans l'habitacle.

« Ça sent l'été, le CAPES que j'ai raté. Plein de petits trucs comme ça, des petits chocs, des drames à moi. Maintenant je rumine tout ça, le ventre plein de glaces et de chocolats. Il faut bien se consoler un peu, même si j'ai un peu la nausée. »

Nowam se retourna en souriant :

– J'aime bien cette musique.

– Tant mieux, il faut savoir profiter de ces petits moments.

– J'aimerais qu'ils durent toujours.

– Alors, c'est à toi de les mettre bout à bout, et comme ça, ils durent toujours.

Nowam sourit à nouveau puis regarda la route que le soir recouvrait doucement.

Non seulement, je n'aurais jamais pensé pouvoir un jour prendre quelqu'un sous mon aile, et en plus, voilà que je me mettais à jouer les vieux sages !

La nuit était maintenant tout à fait tombée. Nowam dormait, la tête roulant de droite à gauche contre la vitre.

Mon portable se mit à vibrer, et je faillis l'envoyer valdinguer sur le tableau de bord. Un SMS

Mike : Tu es mort ?

Moi : Toujours aussi con.

Mike : Tu vois que tu es lucide.

Moi : Tu n'as rien d'autre à faire que d'emmerder les travailleurs ?

Mike : Bah ! Pas un message en 24 h... D'habitude au moins un par jour, du coup, je viens aux nouvelles !

Moi : Tu as eu peur que je me sois troué la peau ?

Mike : Non, tu es bien trop trouillard pour ça.

Moi : Toujours aussi délicat !

Mike : Je pensais à une déprime, celle des cœurs en jachère.

Moi : La déprime, c'est pas mon truc, et qui te dit que j'ai le cœur en machin truc... Enfin comme tu dis !

Mike : Sérieux, tu as trouvé quelqu'un, vas-y balance !

Moi : Si tel est le cas, tu crois que je vais me dévoiler comme ça au premier venu !

Mike : Pas sympa !

Moi : Désolé mais les routiers sont sympas, c'est connu !

Mike : Bon t'as gagné !

Moi : Merci pour tes messages Mike, je vais te laisser, car il ne faut pas que je rate la prochaine aire. Je dois pioncer. Pas d'inquiétude, pas de dépression en approche, et tu peux dire à mon père que je l'appellerais dans peu de temps. Bonne nuit.

Mike : Bonne nuit à toi et sois prudent sur cette putain de route !

Mon sommeil fut de courte durée car un cri strident, que je connaissais, résonna dans la cabine.

– NOOOOON !

J'eus à peine le temps d'émerger de ma couchette, que déjà Nowam jaillissait en trombe sur le parking. Me voilà torse nu sur le bitume, à hurler son prénom dans tous les axes ! Aucun signe du fuyard.

Allez Jethro raisonne-toi, tu es un lycan ou quoi ? Alors, fais travailler tes sens !

C'est alors que j'entendis un bruit étouffé provenant de l'intérieur de la remorque. Comment a-t-elle pu être ouverte, alors qu'elle était cadenassée ? Me frayant un passage entre les palettes, je découvris Nowam recroquevillé, son sac entre les jambes.

Un vent glacial s'engouffrait à l'intérieur de la remorque, me vrillant la colonne vertébrale.

– Nowam ne reste pas là, tu vas attraper la mort.

Silence.

– S'il te plaît, Nowam, réponds-moi !

– Pourquoi est-ce qu'ils m'ont fait du mal ?

– Euh, de quoi. Qui t'a fait du mal ?

– Ils disaient que j'étais un bâtard répugnant, ils m'ont fait tellement mal, pourquoi Jethro ?

– Maintenant, tu n'as plus rien à craindre, Nowam, mais de quoi est-ce que tu parles ?

Il posa sur moi des yeux d'une intensité désarmante. Je remarquai qu'il tenait serrée contre lui une petite peluche hors d'âge qui avait été recousu. Une sorte de chien gris, ressemblant vaguement à un husky. Nowam releva lentement son T-shirt. Je ne compris pas tout de suite le sens de son geste. Puis il se retourna. Et c'est là que je vis son dos. Strié d'étroites cicatrices bleuâtres, de lignes enchevêtrées plus ou moins longues.

La tête de Nowam se posa contre ma poitrine, vite inondée de lourdes larmes. La mémoire peut parfois donner l'illusion d'avoir effacé des séquences, le corps se manifeste alors pour révéler le contraire.

Nous restâmes là de longues minutes dans le froid mordant de la nuit. Mon nez effleura une odeur fraîche de rosée du matin, cette odeur qui, dans la nature, a tendance à disparaître aux premiers rayons de chaleur du soleil.

Frank avait raison. Lorsque l'on trouve son lien, plus rien ne peut enrayer l'histoire en marche.

– Nowam, ça te dit de retrouver la cabine, j'ai beau être loup, il fait frisquet !

Il hocha la tête, se détacha de moi, et prit son sac dans lequel il enfourna le pauvre chien de kapok.

– C'est Loup, dit-il en désignant la peluche du regard.

De retour dans la cabine, Nowam s'allongea spontanément près de moi, et nous nous retrouvâmes serrés comme deux sardines en boîte.

Il s'endormit illico. Quant à moi, mes sens restèrent à l'affût encore quelque temps.

CHAPITRE 5

Mon réveil fut agrémenté d'un sourire. Le mien ! À la pensée qu'il y avait longtemps que je n'avais pas aussi bien dormi.

Je me glissai hors de la couchette, en prenant garde de ne pas réveiller le jeune loup aux côtés duquel j'avais passé la nuit.

À l'autre extrémité du parking, une lumière blafarde signalait une boutique.

La vendeuse me regarda, bouche ouverte, mine ahurie, comme si elle était sur pause !

– Ça fera 8,55 $

– Hein…

– 8,55 $ répéta-t-elle, soudain accablée. Visiblement il lui en fallait peu. À sa décharge j'étais complètement ailleurs.

Je lui donnai ce qu'elle réclamait, repris le chemin de la sortie et l'entendis grommeler.

– Encore un à côté de la plaque, ce boulot me gave !

Je me retournai et lui lançai :

– Tu n'as qu'à en changer, pétasse !

Oui, je sais, pas classe du tout, je l'avoue. Mais je retournai au camion tout souriant. Je ne sais pas si c'est le fait d'être gay, mais, par moments, les filles me tapent vraiment sur le système et il faut que ça sorte !

Je grimpai dans la cabine, Nowam dormait toujours.

– Aller, debout là-dedans, il va falloir reprendre la route… Nowam ?

Posant machinalement ma main sur son front, je découvris qu'il était glacial. Nowam semblait plongé dans une forme d'inconscience ponctuée de légers soubresauts. Les loups-garous, dont la température habituelle est plus élevée que chez l'être l'humain, ne tombent pourtant jamais malade !

Pris au dépourvu devant un tel scénario, un début de panique me gagna.

J'appelai Nana. Comme de bien entendu dans ce type de situation, la seule réponse fut celle de son répondeur. Mes mains commencèrent à trembler. Je tentai alors Mike. Scénario identique, comme il fallait s'en douter. Dans tout suspense, il convient de faire monter ainsi la pression ! Seulement là, je n'étais pas au cinéma !

Je fis défiler la liste de mes rares contacts, et il me resta au bout du compte deux possibilités.

Je n'avais pas à hésiter. Après un court instant, j'entendis la voix de ma mère.

– Allô ! Maman ?

– Jethro !

– Oui, c'est moi m'man… Désolé de te déranger si tôt, mais j'ai un problème !

Je lui exposai l'essentiel.

– Maman, comment se fait-il qu'il soit malade, normalement cela ne nous arrive jamais ?

– Tu ne te souviens peut-être pas mon Jeco, mais ça t'est déjà arrivé. Tu venais de vivre ta première transformation, et ton père, fier comme tu peux l'imaginer, voulait te voir recommencer. Tu as résisté à son ordre, il t'a alors giflé. Je lui ai dit qu'il était allé trop loin ! Il m'a répondu que l'obéissance aux aînés était la première des règles chez les lycans. Tu es monté dans ta chambre en pleurs, et tu as claqué si fort la porte, que le portrait de ton grand-père, accroché dans le couloir, est tombé en se brisant. Comme un présage.

Le lendemain matin, je t'ai découvert presque inerte. Ton cœur battait si lentement, que j'ai paniqué. J'ai insulté ton père et l'ai sommé d'appeler le médecin qui s'occupait des nôtres. Il est arrivé en urgence et a déclaré que tu étais en proie à un rêve catatonique. En général ce phénomène se produisait à la suite d'un traumatisme.

J'écoutais ma mère comme si elle évoquait une histoire arrivée à un étranger. J'avais totalement gommé cet épisode.

– OK, je vois, mais maintenant qu'est-ce que je peux faire ?

– Rassure-le, parle-lui, c'est le seul remède. Qu'il se sente entouré. Qu'il ne panique surtout pas. Il s'extraira de lui-même de son état. C'est de cette manière que j'ai dû intervenir à ton chevet. Lorsqu'il se réveillera, il ressentira un intense moment d'épuisement. Il lui faudra ton énergie.

Posant le téléphone, je me tournai vers Nowam qui n'avait pas bougé d'un centimètre.

– Nowam, je sais que tu ne peux pas me répondre, mais je veux que tu saches que je suis là. Je te promets que plus personne ne te fera de mal. Si tu l'acceptes, je veillerai dorénavant sur toi.

Je continuai à lui parler, surpris de trouver les mots. Des mots qui s'échappaient sans que j'y prenne garde, comme des soupirs.

Au bout d'une éternité, ou de quelques minutes, j'eus l'impression que sa respiration s'apaisait, que, en lui, le feu baissait les armes.

Je contactai de nouveau ma mère au téléphone et lui décrivis l'état de Nowam.

– C'est bon signe non ?

– Oui, il devrait se réveiller d'ici peu. Le plus difficile semble passé. Dis-moi, Jethro, je ne t'ai jamais perçu dans un tel état ! Tu n'aurais pas quelques sentiments pour ce jeune loup ?

– Maman, je ne peux pas te répondre, je ne le sais pas moi-même. Mais, je comptais appeler papa pour lui demander de l'intégrer à la meute.

– Rien que ça ! Si tu es prêt à revenir pour trouver une protection à ton ami, c'est qu'il ne doit pas te laisser insensible !

– Maman, s'il te plaît, ne lui parle pas de Nowam, j'aimerais m'en charger moi-même. Mais ne te prive pas de préparer le terrain pour mon arrivée, on ne sait jamais comment va réagir ce vieux mal embouché. Merci de tout cœur pour tes conseils, je reprends la route dès que possible. Je t'embrasse.

– Moi aussi mon Jeco, et fais attention à toi.

Nowam s'était tourné vers la paroi de la couchette et respirait plus calmement.

– Dors et ne me refais plus jamais ça. Avec l'épisode de l'autre nuit sur la route, j'ai eu ma dose !

Un léger frémissement anima sa lèvre supérieure, qui pouvait indiquer qu'il m'avait entendu.

Je fis rugir le moteur en libérant un soupir de délivrance. Puis tels des fauves libérés, les pneus crissèrent en attaquant la route conduisant à la meute qui désormais m'attendait.

Au même moment une voix embrumée s'éleva de dernière mon siège.

– Dis-moi Jethro, c'est comment le Canada ?

J'aurais pu répondre que les hivers y sont les plus beaux du monde, que la nature me laisse chaque fois pantois, mais je n'aurais pas été impartial. J'ai préféré me taire, et nos regards se croisèrent dans le rétroviseur intérieur.

CHAPITRE 6

Pendant le petit déjeuner, nous fûmes interrompus par la sonnerie de mon portable. Le numéro de téléphone tant redouté s'afficha.

– Nowam, je te laisse cinq minutes, j'ai un appel important !

Nowam m'entendit à peine et ingurgita son cinquième croissant.

– Allô, Papa ?

– (silence)... Salut fils...(silence)... Ta mère vient de m'apprendre que tu comptes passer par la maison...(silence)

– Heu, oui... et d'ailleurs, j'ai un truc à te demander...(silence)

– Oui, elle m'a raconté pour ce loup perdu.

– Ah ! Elle t'a parlé de la personne que... de la personne qui m'accompagne ?

– Oui, ta mère ne sait pas mentir... (Silence)... Une meute est toujours prête à s'agrandir tant que les prétendants n'appartiennent pas à l'ennemi, et s'engagent à porter nos valeurs. Et puis, j'aurai peut-être le temps de te convaincre... de rester.

J'étais totalement désorienté par cette tonalité inédite, qui pourtant était celle de mon père, cet homme qui jouissait en permanence de sa propre autorité, l'être qui de surcroît m'avait jusqu'ici le plus abîmé. Ou ces derniers jours étaient comptés, ou il se trouvait sous l'emprise d'une drogue quelconque, ou bien ma mère le tenait en joue à la chevrotine ?

– Dis-moi, fils, quand rentres-tu ?

– Papa, je ne sais pas si je rentre comme tu l'entends. Pour le moment, je pense simplement faire halte.

– Oui, je comprends, la nuance est de taille. Tu as peut-être raison, autant ne pas brûler les étapes.

Nous nous dîmes au revoir et je restai sonné par l'échange !

Lorsque je revins, je constatai que Nowam était apparemment rassasié.

– Tu es prêt, on y va ?

– Ça ne va pas Jethro, tu as appris une mauvaise nouvelle ?

– Non, tout va bien, ne t'en fais pas, allez, en route !

Nowam extirpa « Mademoiselle K » de sa pochette. Pas de meilleur choix en pareille circonstance. C'est à croire que cette fille est indiquée en toutes circonstances ! (Mademoiselle K : T'es mort)

« Est-ce que t'es mort ? T'es mort ou pas ? Nan, parce que tu ne réponds pas. Peut-être qu'on t'a enlevé dans une soucoupe volée. Longuement, longuement, ils ont étudié ton comportement, et puis y en a un qui a dit »

– La manière dont cette nana exprime les émotions me laisse encore sur le cul au bout de la millième écoute, dis-je.

– Tu crois que l'on pourrait la rencontrer un jour ? J'aimerais bien qu'elle m'aide à comprendre les miennes, d'émotions !

– C'est peu probable, elle serait peut-être effrayée par deux types capables de se transformer en loup.

Je ne sais pas ce qui me prit, emporté par un élan soudain, je lui ébouriffai la tignasse.

– Eh, pourquoi fais-tu ça ?

– Je ne sais pas et puis il est des choses qui ne se commandent pas !

Nowam regarda la route au loin en souriant.

Le reste de la journée s'écoula relativement vite, puis nous arrivâmes à la frontière en direction d'Ottawa.

– Nowam, nous allons avoir besoin de tes papiers d'identité !

Je tendis mon passeport à un bouledogue mal fagoté et à peine éveillé. Au moment de présenter celui de Nowam, un nom attira mon regard et me glaça le sang : Tyranne.

La barrière se leva, et le bahut s'élança tout seul devant lui.

Je n'étais plus là.

Tyranne, William Tyranne, Alpha de la meute des Tyrans à Marseille, tristement célèbre depuis plus de vingt ans. Tueur et trafiquant de came en tout genre, régnant comme un hystérique sur le sud-est de la France. On dit que tous les inconscients qui osent lui barrer le chemin sont battus à mort devant lui et sa meute. Plus l'agonie est longue, plus le spectacle est de qualité. Et on ne retrouve jamais les corps. Mon père et son éducation, à côté, c'est Disneyland !

Les lacérations sur le dos de Nowam, ses cauchemars, ses cris, sa fuite apparente.

Tout commence à prendre sens.

CHAPITRE 7

– Eh, Jethro, réveille-toi, j'ai faim !

Je venais de rouler une grande partie de la nuit, encore sous le choc. Mais il fallait rattraper le retard. Les routiers sont toujours en retard, ça fait partie du folklore. J'avais finalement stoppé le bahut sur une petite aire sous les arbres, et le soleil matinal ne m'avait pas encore tiré du sommeil comme je l'escomptais. Je m'étais, une première fois, réveillé, trempé de sueur, après avoir nagé dans un lac de sang à la recherche de ma tête, que je retrouvai réduite, posée devant la caisse d'une halte d'autoroute.

Elle était maintenant de nouveau entre mes deux épaules, et je me sentis prêt à reprendre la route.

– Eh, Jethro, on est au Canada ? C'est tout vert et blanc dehors.

Un visage illuminé comme un sapin de Noël attendait ma réponse.

– Jethro ?

Il s'extirpa alors subitement de la chaleur de l'habitacle, et se mit à courir pieds nus dans la neige.

Il est des moments dans la vie, où il est bon de lâcher prise sans se poser de questions. J'enfilai donc un tee-shirt et rejoignis le jeune loup hurlant, cette fois de bonheur, comme l'enfant insouciant qu'il n'avait certainement jamais été.

Une jeune marmotte humait l'air, derrière un monticule parsemé d'herbes brûlées par le froid. Nowam était en arrêt devant le spectacle.

– Regarde là-bas, ce sont des érables, à partir desquels on produit le sirop qui se marie si bien avec les pancakes. Tu ne m'écoutes pas ?

– Si… lorsque, tu m'as décrit ces paysages, c'était déjà très beau… Je ne pouvais pas imaginer qu'en vrai c'était à ce point !

– Dis-moi, tu es toujours d'accord pour venir dans la meute ?

– Oui, si tu ne m'y laisses jamais seul.

Sans crier gare, la phrase de mon père me revint à l'esprit : « Une meute est toujours prête à s'agrandir tant que les prétendants n'appartiennent pas à l'ennemi ».

Nous reprîmes la route, et à peine deux minutes après, en arrivant à la hauteur d'un immense panneau publicitaire en bois peint, Nowam s'écria :

– Eh, Jethro, des pancakes !

Un vrai ventre ambulant, ce Nowam. Si nous continuions à cette allure, nous n'arriverions pas avant l'été !

– Bon OK, mais on les déguste en roulant. Tu te débrouilles, je te donne cinq minutes et qu'ils ne lésinent pas sur le sirop !

Nous nous arrêtâmes dans un « IHOP », les rois du pancake sur autoroute.

Armé d'une fourchette en plastique, Nowam se dépatouillait tant bien que mal, alors que nous avions pris notre place dans une file interminable de trucks en tout genre. Nowam se léchait les doigts avec l'avidité d'un prisonnier tout juste libéré. De temps à autre, il dirigeait vers moi une bouchée sautillante, que je gobais à la volée en riant comme un malade.

Cela faisait si longtemps que je ne m'étais pas senti si léger.

Nous arrivâmes sur les lieux de la livraison, aux abords d'une ville industrielle sans le moindre intérêt. Ce qui généralement va sans dire.

Je m'engageai le long du quai de déchargement, à l'arrière d'un immense entrepôt tagué de lettres immenses et laides. Les lieux ne portaient pas le moindre signe distinctif. Bref, le genre d'endroit où je n'aime guère m'éterniser.

– Vous êtes en retard, on était censés être livrés ce matin ! Nous dit-on en guise de bienvenue et surgi de nulle part, un type maigre comme un clou, au crâne rasé, et arborant un sweat-shirt fièrement orné d'un « doigt d'honneur » stylisé.

– J'ai été pris dans les bouchons.

– Oui, l'excuse classique.

Armé de son listing, le type me dévisagea avec l'air très con de celui qui d'emblée cherche des noises…

– Je ne savais pas que les routiers voyageaient en binôme ! dit-il en pointant Nowam de son stylo.

– Qu'est-ce que ça peut vous foutre, qu'on soit solo ou en groupe, l'important, c'est que la remorque nous suive, non ?

– Oui, mais juste que ça doit tenir chaud le soir quand la fraîcheur s'installe !

– Vous êtes du genre avec lequel, j'ai d'emblée envie de partir en vacances. Encore un mot, et le matériel repart avec nous.

Puis m'avançant dans la lumière pâle qui s'évertuait à éclairer les lieux, je ne pus m'empêcher d'arborer mes crocs qui ne demandaient que ça.

Le visage du type devint livide, et je crus qu'il allait défaillir si, au même moment, son collègue ne s'était pas pointé en annonçant que la cargaison était déchargée.

– Vous avez raison de vous méfier, dorénavant, de ceux qui voyagent à deux, dis-je en signant le bordereau.

Mais il n’était apparemment plus en état de capter quoi que ce soit.

CHAPITRE 8

– Jethro, ça ne va pas, c'est à ton tour d'avoir perdu la parole ?

Nowam me sortit de ma torpeur, alors que sans même m'en apercevoir, la route se déroulait comme une vieille bande magnétique.

– Ne t'en fais pas, juste un peu d'appréhension à l'idée de revoir mon paternel.

– Pourquoi te mets-tu dans un tel état, on dirait que tu vas rencontrer le diable en personne ?

– Tu n'en es pas loin, ça n'a jamais été facile entre lui et moi, surtout ces dernières années.

Nowam arbora un sourire désarmant qui aurait pu faire pâlir la lune d'envie :

– T'inquiète pas, je serai là comme tu l'as été pour moi !

Je frottai alors énergiquement ses cheveux, comme j'en avais pris désormais l'habitude lorsque je mourrai d'envie de l'étreindre.

Chaque fois que Nowam m'émouvait d'une manière ou d'une autre, je ne pouvais m'empêcher de penser à sa sécurité. Mon instinct me dictait de rester sur mes gardes, et plus étrangement de me méfier de mon père.

Ce matin-là, mon patron avait tiré la gueule quand, en lui tendant les clefs du bahut, je lui annonçai ma décision de prendre dans la minute des congés sans solde. Mais comme mon père était le patron de son boss, sa marge de manœuvre était plus que réduite. En quittant son bureau, deux ou trois employés me toisèrent du regard, histoire de me rappeler que je n'avais pas que des amis dans la boîte !

En avais-je tout simplement, en dehors de mes proches ?

Nowam s'obstina à me maintenir le moral dans la moyenne, en se pâmant devant le bleu métallisé de mon pick-up. Il faut dire que la bête en jetait !

J'avais obtenu ce bleu électrique en commande spéciale, rien que pour ma pomme.

Au quart de tour, le V8 ronfla comme un avion de chasse, et je zappai les stations à la recherche d'un morceau qui en valait la peine. J'allais revoir Mike et ma mère, ma sœur avec ses yeux vert émeraude qu'elle avait hérités de ma mère. Pour le reste, c'était le portrait de mon père tout craché. Mêmes cheveux noirs et épais, et même caractère ! Mais je l'aimais tendrement.

– Nowam, tu n'as rien oublié dans le camion ?

– Ne t'en fais pas, j'ai tout pris, mes affaires comme les tiennes, et les CD auxquels tu sembles tant tenir.

– Sais-tu que tu es plus intelligent que tu en as l'air ? Dis-je en riant,

– Je n'ai parfois pas les mots, car parfois tout se fige dans ma tête, mais grâce à toi j'apprends vite !

C'était la première fois que j'entendais Nowam parler avec une telle assurance.

– Tu me regardes avec le sourire Jethro, mais les autres réagiront-ils comme toi ?

Je fus soudain pris d'un début de rage intérieure, et freinai d'un coup sec. Le pick-up se courba en travers de la route comme un cheval apeuré. Par chance, personne ne me suivait.

– Bon sang, Nowam, peu importe ce que les autres pensent ! Tu es assurément l'être le plus magnétique que je connaisse, mais tu l'ignores encore. Ce que tu as enduré ne doit pas atteindre l'image que tu as de toi-même.

Nowam blêmit et je regrettai déjà ma tirade. Mais curieusement il encaissa sans broncher.

– Contrairement aux apparences, je n'ai pas ta force Nowam. Ne laisse personne te dicter quoi que ce soit de contraire à tes convictions. Je n'arrive même pas à m'accepter comme je suis. Tu n'imagines pas à quel point j'ai été lâche en m'enfermant dans ma cabine de routier, mais je n'ai rien trouvé d'autre !

– Qu'est-ce que tu n'acceptes pas toi, Jethro ?

– J'aime les femmes Nowam, mais comme on aime le chocolat… Je suis gay si tu préfères ! Et quand on est fils d'Alpha, c'est aussi incongru qu'un lionceau qui se révèlerait végétarien ! Mon père me l'a tout de suite et très clairement fait comprendre avec le tact qui le caractérise. Et finalement ce fut encore plus douloureux que de faire son coming out devant une assemblée de bikers.

– Qu'est-ce que ça veut dire gay ?

J'avoue que je ne m'attendais pas à une telle question !

– Être gay, c'est être attiré par une personne du même sexe que le sien. Quoiqu'on fasse et quoiqu'on dise autour de soi. Dans ce monde, ça ne plaît pas toujours. On dit aussi homo, ou bien dans les milieux intellectuels : tarlouze, tapette et j'en passe.

– Et c'est grave si moi aussi, je t'aime beaucoup Jethro !

– Pas si simple Nowam ! Dire : je t'aime beaucoup, ou : je t'aime bien, c'est très différent du fait d'aimer tout court.

Avant même que j'aie le temps de terminer mon brillant exposé, Nowam posa ses lèvres sur les miennes avec une infinie tendresse.

Je repoussai tout aussi doucement mon assaillant.

– Tu ignores combien tu chamboules mon univers Nowam. Tu n'imagines pas les emmerdements auxquels tu t'exposes si tu décides de quitter le sillon emprunté par la majorité. Tu dois garder ton libre arbitre sur un tel sujet, et je ne compte pas profiter de la situation.

– Jethro, je crois que parfois ça fait du bien d'être chamboulé !

– Je dois t'entraîner à devenir un bon loup avant tout, alors, restons-en là, si tu veux bien !

À ce moment précis, j'ignorais si Nowam percevait derrière ma posture de héros, à quel point la plus infime partie de mon être se trouvait tiraillée, à la limite de l'éclatement.

Histoire de retrouver un semblant de contenance, je poursuivis en lui expliquant que mon père était à la tête de plusieurs entreprises, léguées jadis par son propre père. Il avait bien mené sa barque, ses affaires étaient de plus en plus florissantes, et il avait contribué à la prospérité de la ville tout entière. Celle-ci lui en était redevable et il ne s'en privait pas !

Il avait imaginé et conçu la demeure familiale dans ses moindres détails. Discrétion et efficacité étaient les maîtres mots, et on pouvait le cas échéant y vivre en totale autarcie.

– La meute est prospère. Du fait de la réputation de mon père, elle a attiré un grand nombre de lycanthropes. Ils sont aujourd'hui un peu plus de 340. Quelques humains sont noyés dans la masse, ils servent de leurres, au cas où, mais bien sûr, ils ne sont pas au courant pour nous.

– Est-ce qu'il existe des lycans différents, un peu comme toi et moi ?

– Tu veux dire d'autres espèces de « métamorphes » comme on dit ? Oui, il y en a d'autres, et je ne les connais pas tous, il y a des panthères et des jaguars-garous. On trouve aussi des « sans-formes », qui peuvent se changer en n'importe quelle créature. Ils en adoptent l'apparence, mais pas l'instinct animal. Il y a aussi les « mages ou druides », qui ne peuvent pas se transformer, mais sont capables de bien pire ! Ils maîtrisent les éléments, savent jeter des sorts, mais heureusement pour nous, ils vivent souvent reclus, en ermites.

Nowam m'écoutait avec fascination.

Je poursuivis en lui exposant l'échelle de la meute, afin qu'il perçoive notre rang.

– Tout en bas, il y a les Bêtas, qui contrairement à leur appellation, n'ont rien de stupide ! Ils composent le plus grand nombre. Au-dessus se trouvent les quatre gardes, dont mon ami Mike fait partie. Puis on arrive au « bras droit » du chef, le Prélat, qui en général dirige la garde. Et pour finir le couple Alpha, pilier central de la meute. Il y a deux solutions pour devenir Alpha. Soit on naît comme ça, sinon on est nommé Alpha à la suite d'une passation, ou à l'issue d'un affrontement.

– Jethro, le monde est si compliqué que ça ?

– On peut le dire… et tu n'es pas au bout de tes surprises !

Bon, si on mettait un peu de musique pour alléger l'ambiance

« Mademoiselle K (Maman XY) » par exemple. Tu connais ?

« Xy. On peut naître sous x, se sentir y… Yyy et moi maman… Maman ? sur une échelle de x à y qui je suis ? »

Jusqu'ici, j'avais l'impression que ma vie n'avait servi qu'à inspirer ses chansons. Je ne devais pas être le seul à le penser !

Nous arrivâmes à l'entrée de la ville de Zakswee, par ailleurs territoire de la meute de la « Lune rouge ».

Mon cœur s'emballa, je réalisai qu'une simple demi-heure me séparait de ma famille.

Nowam observait à travers la vitre embuée, les gens s'affairant à leurs vies. Des vies simples en apparence.

Pendant mon adolescence, cette contrée était devenue oppressante, à me rendre malade. Coincé entre ces profs lèche-cul, qui m'identifiaient avant tout comme le fils de mon père.

Et ce dernier qui tirait les ficelles des notables et autres petits foireux influents.

Nous arrivâmes chez mes parents vers 14 h 30, sous un ciel miroitant comme jamais. Nowam s'employait depuis quelques heures déjà à meubler le silence comme il pouvait, exprimant sa hâte de découvrir où j'avais passé mes jeunes années, comme un enfant pressé d'ouvrir ses cadeaux.

Me voilà enfin de retour.

J'empruntais déjà l'allée qui menait au manoir. Car c'est de cela qu'il s'agissait, pouvoir oblige.

– Ça va aller Jethro ?

– Ne t'en fais pas, j'en ai vu d'autres ! répondis-je dans un sourire peu convaincant, alors que des fantômes m'assaillaient.

Je stoppai le long de l'imposant garage et coupai le contact.

Immédiatement, je reconnus la voix de Mike, qui le premier à nous avoir aperçus, accourait en alertant les autres.

– Ils sont arrivés ! hurlait-il en arrachant la porte du pick-up. Puis il se rua sur moi avec tant d'énergie, que Nowam pensa une seconde qu'il allait me faire la peau.

CHAPITRE 9

Tout se passa alors très vite. Ma mère apparut, suivie par ma sœur Alicia. Puis Chris, mon père, se retrouva subitement devant moi.

Sans hésiter, il m'enserra dans ses bras puissants, avec la gestuelle d'un parrain sicilien. Je me raidis et ne lâchai pas la main de Nowam.

– Ça fait tellement longtemps fils. Tu as bien changé, tu t'es étoffé on dirait !

Lui n'avait pas changé. Toujours aussi imposant, auréolé de son indéniable aura d'Alpha.

Étonnamment, il ne me fit pas peur. Enfin, pas autant que je me l'étais figuré.

Lui et moi faisions désormais la même taille. Ce détail dut contribuer à mon assurance.

– Vous devez avoir une faim de loup toi et ton ami, après une si longue route ! intervint ma mère.

Je l'enlaçai sans dire un mot pendant de longues secondes, avant de faire subir le même sort à ma sœur qui gloussa comme une midinette.

Emma et Alicia, elles m'avaient tant manquées, les femmes de ma vie !

– Laissez-moi vous présenter Nowam.

Ce dernier n'en menait pas large et me broyait la main.

– Eh bien, il a de sacrés beaux yeux, ton ami, dit Alicia, es-tu certain de ne pas l'avoir kidnappé avec ta tête de routier taciturne ?

– Et toi, frangine, il me semble que ces derniers mois, tu as fini par dépasser le quintal !

Entre Alicia et moi, ça a toujours vite dérapé. Un jeu qui remontait au temps des couches-culottes.

Mike qui était resté en retrait s'exclama en riant :

– Pour ceux qui en doutaient encore, Jethro est vraiment de retour. C'est reparti comme en 14 ! Je te rappelle au passage que ta sœur attend un heureux événement, dont je suis à l'origine, alors doucement les basses !

Ma mère se racla la gorge :

– Vous n'allez pas commencer vous deux. On accueille quand même un nouveau membre aujourd'hui, enfin si j'ai bien compris !

Elle poursuivit :

– Inutile de perdre du temps Jethro, je suis pressée de fêter ton retour, mais sans arrières pensées. Alors ne crois-tu pas qu'il serait temps de parler avec ton père ?

Mike intervint :

– Déjà ! Vous êtes donc si avides de sortir les vieux dossiers ! Dans ce cas, je préfère que ce ne soit pas devant nous !

– Merci pour tes encouragements Mike, dis-je

– Je ne suis d'aucun clan Jethro. Tu le sais. Ton père est mon Alpha, et toi, mon meilleur ami. Vos histoires ne concernent que vous deux !

Pendant tout ce temps, mon père, parti s'asseoir sur le muret annonçant l'entrée majestueuse de la demeure familiale, n'avait pas ouvert la bouche. Ce qui, selon mes souvenirs, n'était pas dans ses habitudes.

– Ta mère n'a pas tort Jethro. Autant ne pas attendre, finit-il par dire de sa voix éraillée.

Ma mère invita Nowam à la suivre, pendant que mon père et moi marchâmes doucement vers la lisière de la forêt encerclant le domaine.

– Es-tu vraiment prêt à entendre que tu as gâché méthodiquement et sans relâche, une bonne partie des premières années de ma vie ?

Mon cher père ne répondit pas.

– Et maintenant, d'un coup de baguette magique, tu penses que je peux faire table rase du passé comme on dit si facilement ?

– Je suis prêt à tout entendre, Jethro. Voilà des années que je m'y prépare, répondit-il le regard dans le vague.

– On dirait que tu ne te rends pas véritablement compte des dégâts que tu as causés, toi et ton foutu Prélat. Ah ça, c'est sûr, pour Alicia, tu as été présent !

– J'essayais juste de réparer.

– Réparer quoi ? Tes absences, tes jugements moraux dévastateurs, ta violence délibérée lorsque tu as su que j'étais un « petit pédé » comme tu disais ! Il fallait que je me fasse soigner ! te souviens-tu ? Tout ça pour préserver ton image sur la meute, et ton ascendance sur la ville ?

J'eus soudain le sentiment d'être un boxeur au moment du round final, lorsqu'il sent que le match tourne en sa faveur. Les coups pleuvaient sur mon père qui encaissait en sibilance.

– Combien de fois, lorsque la meute chassait, je me retrouvais désespérément seul, comme un pestiféré ! Tu as muselé maman, alors qu'elle ne pensait qu'à mon bonheur. Tu ne voyais en moi que le futur Alpha qu'il te fallait modeler à n'importe quel prix.

– Je suis désolé fils, dis-moi ce que je peux faire pour…

– Pour revenir en arrière ? Impossible, le mal est fait !

C'est la première fois que je voyais mon père avec cette mine abattue, ou alors il pouvait postuler sur le champ comme comédien.

– S'il te plaît, Jethro, accorde-moi une seconde chance. Ce que tu dis est vrai. J'ai été aveuglé par le rôle que je devais tenir. À l'époque, la meute n'avait pas sa cohésion actuelle. Il fallait taper fort, marquer les esprits. Je t'ai… sacrifié.

Une larme, oui une larme, s'écoula lentement sur la joue de mon père, par ailleurs Alpha sans partage et maître des lieux !

Je n'en revenais pas !

– Les violons, ça ne fonctionne pas avec moi et puis j'ai épuisé mon stock de larmes il y a longtemps. Si on rentrait maintenant, je crois que maman doit nous attendre.

Nous reprîmes le chemin de la maison familiale dans un silence de plomb. J'étais groggy par l'effet de ma propre hardiesse.

Mon père aussi était sonné, mais pas pour la même raison !

CHAPITRE 10

Le regard errant sur le tapis de l'entrée, je repensais à ce que je venais de vivre. J'avais beau m'être débarrassé de l'essentiel de mon fardeau, je ne me sentais pas mieux pour autant. Quelque chose clochait, comme si le combat avait été truqué. Ma mère me sortit de mes pensées.

– Eh bien, mon Jeco, tu en fais une tête !

– Oh, je t'en prie, maman, arrête avec ce surnom, je n'ai plus dix ans !

Il faut dire que pour ma sœur c'était encore pire : Nini !

Mais une mère reste une mère, peu importe le temps qui passe.

– Et ton ami Nowam, il n'a pas dit un mot !

– Ne t'en fais pas, il est juste un peu réservé.

Je retrouvai le jeune loup l'air paniqué, assis, serré entre ma sœur et Mike, devant la petite table basse garnie d'une multitude de trucs à grignoter.

Nowam releva la tête, reprit sa respiration et vint se plaquer contre moi en chuchotant :

– Jethro, je… pourquoi tu m'as laissé, je ne sais pas quoi dire ni faire ?

– Contrairement à ce que l'on imagine, les lycanthropes ne sont pas des sauvages dans l'intimité. Ils sont très sociables, parfois même tactiles. C'est leur manière de mettre en confiance. Et inutile de parler si bas ! On est tous des loups ici, dotés d'une audition hyper affûtée !

Même les émotions qui transpirent par tous les pores de ta peau n'ont plus de secrets !

Nowam rougit et retourna s'asseoir dans un fauteuil à part.

Tous nous regardaient, et mon père me sourit en levant son verre.

Alicia rompit le silence :

– Les choses les plus simples étant encore les moins compliquées, considère-toi comme faisant partie de la meute Nowam. Tu es venu, accompagné de Jethro, je ne crois pas que papa veuille plus de garanties !

Mon père prit à son tour la parole sans quitter sa place :

– Bon, je vois que l'on pense à ma place maintenant, et que la décision semble prise.

Un silence de glace tomba soudain sur l'assistance.

– De toute manière je n'aurais moi-même pas pris meilleure décision.

Ma mère brandit séance tenante une bouteille de champagne :

– Alors, on fait péter !

Je restai bouche bée, quelques secondes, pendant que les autres s'égayaient parmi les bulles en entraînant Nowam.

Mon père avait dû prendre en effet un sérieux coup sur la caboche !

– Dis-moi mon Jéco, où dors-tu ce soir ? Depuis le temps, ton antre doit sentir le fauve !

Ma mère réussit à me convaincre sans trop de difficulté,

de réintégrer pendant quelque temps la chambre qu'elle avait certainement conservée intacte depuis mon départ.

Le reste de la journée s'écoula paisiblement. Nous parlâmes de tout et de rien, Nowam n'en perdant pas une miette. Lui et moi savions qu'il restait cependant un problème de taille à aborder, celui de son nom de famille !

Ma mère s'éloigna pour préparer le repas du soir, et je remarquai son inquiétude lorsqu'elle lorgnait du côté de mon père, comme s'il s'était agi d'une bombe à retardement. Tout comme elle, je restai sur mes gardes, fidèle à mon instinct de loup.

– Ça va Maman ? Dis-je en entrant dans sa cuisine rutilante, qui en son centre comptait un imposant plan de travail en marbre d'Italie, spécialement commandé par mon père.

– Oui, ne t'en fais pas. Tu sais, il fait des efforts, je le constate tous les jours. Il est plus présent et paraît sincère. Si tu doutes de lui, alors crois en moi, et accorde-lui sa chance.

Je remarquai ses yeux noyés de larmes retenues. Elle lâcha son couteau, et je la pris dans mes bras.

– Mon Jéco, ton père vient d'un monde plein de préjugés. Laisse-lui du temps. Il n'attendait que toi, là-dessus, il n'y a aucun doute.

Elle passa sa main dans mes cheveux et les frotta énergiquement. Un geste apparemment transmis en héritage.

Deux heures après, elle sonnait le rappel.

D'un pas hésitant, je pris mon père par le bras et l'invitai à me suivre en passant par la baie vitrée du salon, salle à manger qui donnait sur l'extérieur. Arrivés tous les deux près de la fontaine au centre du jardin, je murmurai :

– Parfois tu es vraiment con et tu m'énerves, mais…

– Ta mère t'a parlé, c'est ça ?

– Oui, mais je pense que même sans elle, nous en serions au même point.

– Tu as vraiment hérité de la sensibilité de ta mère…

– C'est censé être un compliment ?

– Aujourd'hui, je peux dire que oui, mais pourquoi m'as-tu emmené dehors ?

– Simplement pour te dire que je te pardonne…

Il ne me laissa pas terminer ma phrase, me prenant dans ses bras. Décidément c'était la période des étreintes. Mais je n'aurais jamais parié sur celle-ci.

– Je suis fier de ce que tu es devenu, Jethro. Allez, viens, rentrons. Ta mère a sûrement préparé quelque chose que tu aimes pour les retrouvailles.

J'avais attendu d'avoir trente-cinq ans pour entendre ces mots de la bouche de mon père. Comment une simple phrase pouvait-elle me faire autant de bien et de mal à la fois ?

Mike et moi apportâmes les plats, et de sublimes odeurs me transportèrent plusieurs années en arrière.

Je m'assis à côté de Nowam, et ma mère me regarda en me gratifiant d'un sourire radieux comme jamais.

Pendant tout le repas, mon père et moi échangeâmes des regards souvent perplexes, parfois avenants. Nous ne savions décidément pas sur quelles pattes danser. Ma mère avait certainement raison, il convenait de laisser le temps agir.

Comme de bien entendu, au moment du dessert le mot « chasse » fut prononcé comme un sésame !

– Eh, Nowam, tu viendras avec nous ? dit Mike

Le jeune lycan blêmit.

– Je… Je ne sais pas. Je ne me suis jamais trans… comme vous… et puis…

– Bah, mais d'où tu viens, tu es un loup ou pas ?

– Mike, toujours aussi délicat à ce que je vois ! Nowam revient de loin, il a besoin d'apprendre. Il pourra compter sur nous, il me semble ?

– Oh ! Mon beau, dit ma mère, ne t'en fais pas. Tu auras même deux mentors pour toi tout seul, et qui connaissent bien leur sujet. Le roi Chris et mon Jéco. Quant à Mike, il n'est pas en reste, ce n'est pas pour rien qu'il est mon beau-fils !

Après que la table fut débarrassée, ma mère et ma sœur se proposèrent de préparer nos chambres.

Nowam murmura :

– Est-ce que je peux dormir dans la même chambre que Jethro ?

Tous les regards se tournèrent vers moi, et mon père s'approcha :

– Tu ne préfères pas une chambre pour toi tout seul ?

– Je suis désolé, mais pour le moment je ne me sens en sécurité qu'avec Jethro.

– Tu sais Nowam, Jethro est… différent, et si vous partagez la même chambre, les gens pourraient penser des choses…

Une main familière se posa sur mon épaule au moment où j'allais sortir de mes gonds. Ma mère veillait au grain.

Nowam poursuivit :

– Des gens et alors, on a qu'à les laisser penser ce qu'ils veulent.

Mon père fit tous les efforts du monde pour ne pas exploser et n'explosa pas.

Ma mère, Alicia et Mike amorcèrent un sourire, mon père salua à la cantonade et nous souhaita bonne nuit en tournant les talons.

C'est ainsi que je me retrouvai dans ma chambre d'ado avec Nowam.

Il observa les lieux comme s'il visitait un musée. Il est vrai que tout y était comme plongé dans le formol, du radiocassette au poster de certains joueurs de football américain !

Nowam porta ensuite son regard à travers la fenêtre d'où l'on pouvait voir les étoiles.

CHAPITRE 11

Le lendemain, au petit déjeuner, mon père décida qu'il n'y avait pas une minute à perdre afin de commencer l'apprentissage de Nowam. Il ne posa pas la moindre question sur notre cohabitation nocturne, et s'inquiéta de savoir si la nouvelle recrue ne manquait de rien.

Je croyais rêver.

Ce fut la première fois que je le vis donner un cours à un loup débutant.

– Nowam, écoute bien ce que je vais te dire. Les loups ont les sens hyper développés. Et je pèse mes mots. Les contrôler impose une parfaite maîtrise de soi. Nous aborderons tout d'abord la transformation partielle, et puis l'entière.

– Est-ce que Jethro pourra me montrer ? demanda Nowam.

Mon père me toisa du regard, comme si j'avais secrètement ordonné à Nowam de provoquer ainsi son autorité.

– Pourquoi pas, il s'agit d'un futur Alpha après tout, tu ne peux pas être à meilleure école !

Ma mère avait donc raison, mon père paraissait en effet avoir entamé une autre forme de métamorphose !

Je pris alors la parole :

– Te souviens-tu, Nowam, quand pour la première fois tu as identifié mon odeur ? Eh bien maintenant, je veux que tu perçoives les battements de mon cœur. Concentre ton ouïe sur ma poitrine.

– Je n'y arrive pas, et puis j'entends tellement de choses, ça fait mal !

Nowam étouffa ses oreilles de ses mains, et je dus le retenir afin de lui éviter la chute.

– Concentre-toi sur ma voix, oublie tout le reste, et laisse-la te guider.

Les premières leçons sont parfois très douloureuses pour les lycanthropes. Et lorsque nous en serons à la transformation, le pire sera à venir.

– Calme-toi, fais le tri dans ta tête, pour ne plus entendre que le martèlement de mon cœur. Utilise également ton odorat si cela peut t'aider.

Au bout de quelques minutes, Nowam s'exclama :

– Tu sens l'écorce de pin, la résine tiède. C'est très agréable, j'ai l'impression de pénétrer au cœur de l'arbre... C'est bon, je l'entends... Jethro ! J'entends battre ton cœur !

Mon père intervint et nous éloigna l'un de l'autre doucement.

– Cela démontre que tu apprends très vite Nowam, dit-il, d'ici quelque temps, tu utiliseras tes sens aigus sans même y penser.

– Est-ce que ça veut dire que je peux me transformer en loup dès maintenant ?

– Si tu le souhaites, on peut tenter, dit mon père

À quoi jouait-il, il savait très bien que la première transformation est toujours extrêmement douloureuse. Il faut s'y préparer avec prudence, et c'est une expérience que l'on n'oublie jamais.

– Je veux essayer !

– Nowam, ce que mon père omet de te dire, c'est que la première transformation est toujours on ne peut plus violente et douloureuse.

– Il y a toujours une première fois, alors aujourd'hui ou demain…

– On pourrait attendre quelques jours, le temps que tu assimiles ce que tu viens d'apprendre.

– Tant que tu es là Jethro, il ne peut rien m'arriver.

– Avec un argument pareil, difficile de s'opposer ! ajouta mon père.

Il partit et revint quelques minutes plus tard accompagné de ma mère, portant un peignoir et des serviettes propres.

Nowam me lança un regard inquiet et je me devais de lui expliquer ce qui allait se passer.

– Lorsque l'on se transforme pour la première fois, la douleur est extrême. Tu vas devoir l'accepter et la laisser te recouvrir comme une vague.

Eh oui, être un loup n'est pas aussi romantique que dans les livres. C'est une expérience sauvage, dangereuse, parfois même mortelle dans les guerres de meutes.

Mon père s'approcha de Nowam.

– Alors petit, toujours volontaire ?

Nowam hocha la tête. Mon père lui expliqua alors qu'il allait déclencher sa mutation grâce à son pouvoir d'Alpha.

Nowam retira ses vêtements et s'habilla de l'ample peignoir. Mon père posa ses mains sur ses épaules et le fixa intensément de ses yeux devenus rouge foncé.

Une tension électrisa l'air. Mon père fit pression sur les épaules de Nowam et dans un murmure lui ordonna de se transformer.

Puis il s'éloigna.

Quelques secondes plus tard, Nowam se plia en deux, poussant des gémissements de douleur.

Je vis un sourire naître sur le visage de l'Alpha qui devait savourer son pouvoir.

J'entendis les os de Nowam craquer en même temps que des larmes apparaissaient sur son beau visage soudain odieusement déformé.

Je m'agenouillai, passai ma main dans ses cheveux, tentant de le rassurer en l'informant que ça ne devait plus être très long. Du sang noir coula de sa bouche, ses dents chutèrent les unes après les autres, éjectées par des crocs acérés. Ses os faciaux se brisèrent. L'homme en lutte tenta de pousser un cri, mais au même moment ses cordes vocales se déchirèrent. Des pattes puissantes se modelèrent en même temps qu'un duvet blanc et soyeux recouvrait l'ensemble de ce corps devenu animal.

À ma demande, mère et père reprirent le chemin de la maison.

Je voulais être le seul à assister à l'apothéose.

Retirant le peignoir taché de sang, je découvris alors Nowam sous sa forme lupine. La métamorphose était achevée. Il s'agissait d'un magnifique loup blanc, espèce encore mystérieuse et fort rare parmi les nôtres.

Ce qui restait d'homme en lui tenta de parler, mais seul un cri de petit chiot apeuré sortit de sa gueule. Un bleu très clair avait remplacé le bleu vert de ses yeux. La bête tenta de nouveau un son, et ce fut cette fois une sorte d'aboiement mal assuré qui s'éteignit comme une flamme.

– Nowam, tu ne peux pas parler sous cette forme. Tu me comprends ?

Le loup blanc hocha la tête, résignée à abandonner pour un temps le langage des hommes.

Son magnifique pelage blanc était entaché d'une marque rousse.

Nowam avait été tant battu, que son loup en portait la mémoire.

– Nowam, peux-tu te retourner juste une minute ?

Il s'exécuta. Ma transformation fut brève. Le loup blanc me dévisagea avec une brève inquiétude. Je pris alors la tête de la course et m'engageai dans la forêt.

Tel Bambi, Nowam avait du mal à maîtriser ses quatre pattes. Je ralentis la cadence en slalomant entre les arbres.

Je sentis l'odeur proche de mon ami. Mon loup commença à perdre pied, luttant contre son instinct ancestral qui lui commandait de ne pas perdre de vue l'envie de le marquer. Nowam me surprit sur le côté, nos pattes s'entremêlèrent, et nous achevâmes notre descente en roulé-boulé, pour atterrir dans une petite clairière surplombant l'étang. Celui-là, même, où enfant, je venais jouer avec ma sœur, Mike et Troy.

Nowam s'employa à me mordiller. À quelques mètres, une biche et son cerf détalèrent en nous apercevant.

À la vitesse d'un missile, Nowam partit comme un malade dans leur direction. L'expression folle comme un jeune loup prenait tout son sens ! Une minute après, arrivant de nulle part, il me sauta sur le dos, reprenant sa forme humaine.

Je retrouvai mon humanité à mon tour, troublé par la nudité de mon ami qui venait de poser sa tête contre ma poitrine.

– Nowam qu'est-ce que tu fais ?

Il releva son visage avec un air que je ne lui connaissais pas.

– On m'a détruit, il n'y a pas si longtemps, toi, tu me redonnes le goût de revivre. Je n'échangerai ça pour rien au monde.

– Je te l'ai déjà dit, j'ai peur de ne pas être quelqu'un de bien pour toi !

– C'est faux, et puis on s'est trouvé. Tu étais seul, je l'étais aussi. C'est évident non ?

Mon ventre se mit soudain à crépiter comme un feu réclamant son dû.

Nowam se mit à rire.

– Je crois que tu as faim.

– C'est normal, après une transformation, il faut recharger les batteries. Se changer, ça demande une grande quantité d'énergie.

Et si j'avais enfin trouvé mon lien ? Alors pourquoi ne ressentais-je pas l'envie de l'exprimer ?

– Nowam, ça te dit de rentrer, je crois que l'on en a assez fait pour aujourd'hui ?

– Jethro ! J'ai encore envie de courir, si l'on retrouvait nos loups ?

Quelques minutes plus tard, après trois essais, Nowam me regarda dépité.

– Pourquoi, je n'y arrive pas ?

– Détends-toi, laisse ton loup monter, il te guidera, ne force pas les choses.

La réaction fut immédiate et ses os se mirent à craquer.

Après une folle course effrénée, nous nous retrouvâmes près de l'entrée où avec stupeur Mike contempla le loup Nowam pour la première fois.

– Merde, je rêve Jethro, un loup blanc ! Les légendes disent qu'ils posséderaient des pouvoirs uniques, tu le sais ?

– Non, sans blague, je n'avais pas remarqué, dis-je ironiquement. En attendant, Mike, je veux que personne ne soit au courant pour le moment.

– OK, mais en attendant comme tu dis, aide Nowam à reprendre forme humaine au plus vite. L'Alpha n'apprécierait pas de trouver un loup dans l'allée principale à la vue de tous.

– Mike tu peux nous apporter de quoi nous habiller on a laissé nos vêtements à l'arrière de la maison.

Nous lançant un regard sévère qui voulait en dire beaucoup il partit et revint quelques minutes plus tard.

CHAPITRE 12

Mike s'approcha de moi et se mit à me renifler comme un chat méfiant s'approchant de sa gamelle.

– Jethro, tu as trouvé ton lien ?

– Je vois que tu es toujours aussi délicat ! Mais si ton flair ne te faisait pas défaut, tu sentirais aussitôt que ce n'est pas le cas. Et je ne répondrai pas à ta question !

– Ton père doit l'apprendre !

– Écoute Mike, je te dis qu'il n'en est rien, et dans le cas contraire ce serait mon affaire. Alors, ne va pas semer la pagaille !

Nowam arriva, habillé, tout sourire.

– Mike, est-ce qu'on pourrait aller manger un morceau ?

– Ne fais pas attention, Mike ! dis-je. Depuis que je connais ce jeune lycan, il ne pense qu'à son assiette !

Pendant le déjeuner, et contrairement à mes consignes, Nowam s'empressa d'étaler la couleur de son poil.

Le silence mi-admiratif, mi-craintif, fut rompu par mon père, qui me félicita d'avoir ramené une rareté dans la meute.

Chacun se mit alors à questionner Nowam, bien en peine de répondre, et vite dépassé. Il m'appela à la rescousse, mais en vain. La prochaine fois, il tiendra sa langue ! me dis-je en souriant.

Une fois de plus l'attitude bienveillante de mon père me laissait songeur.

– Jethro ?

– Euh, oui ?

– Ça te dit de prendre l'air ?

– Pourquoi pas !

Je suivis Mike vers le potager jouxtant la vaste cuisine. C'était le fruit d'une vieille passion de ma mère, vite transmise à ma sœur.

Un vrai trésor à ciel ouvert, aménagé et entretenu avec soins. On y trouvait des légumes dont j'ignorais même qu'ils avaient pu exister.

On se retrouva tous les deux, assis le cul dans l'herbe, à regarder l'horizon par-dessus les aubergines.

– C'est ton lien avoue !

– Mike, je t'ai déjà dit.

– Ha ! Je le savais, c'est ton lien, ça se sent. Un lien, ça change la vie d'un loup, tu te mets à penser pour deux et puis tu te sens enfin complet. Moi et Alicia c'est…

– Je t'arrête tout de suite, si tu parles de cul, j'éclate ta tête !

– Pourquoi tu penses tout de suite à ça, tu me connais ?

– Justement ! Bon, pour que tu me lâches enfin la grappe. Oui, je commence à m'attacher à Nowam.

– Tu vois, ce n'est pas si difficile à dire ! Alors, tu l'as déjà fait avec lui ?

– Je pense que ça n'ira jamais plus loin que de l'amitié. Et Mike, je sens qu'Alicia va bientôt avoir du mal à te reconnaître !

– Bon OK, on change de sujet. Il y a Troy qui devrait arriver d'ici la fin de l'après-midi.

– Ah ouais, génial !

– Ça n'a pas l'air de te faire bondir de joie ! Pourtant les trois inséparables vont être de nouveau réunis comme au bon vieux temps !

– Ouais, comme au bon vieux temps.

– Vas-y, cache ta joie.

Gamins, Troy, Mike et moi étions toujours fourrés ensemble. Quand j'arrivais à fuir l'autorité paternelle ! D'où le surnom des trois inséparables.

– Ne t'inquiète pas Mike, on se fera une chasse à quatre !

– Oui, ça va être sympa. Une fois de plus je vais pouvoir contempler Troy, en train de te mettre la pâtée !

Je ravalais ma fierté, car ce que Mike ignorait, c'est que le plus souvent je laissais gagner Troy.

Mike me conduisit ensuite à son bureau où il m'expliqua toute l'admiration qu'il vouait à mon père. Le boulot qu'il avait décroché grâce à celui-ci dans une boîte de pub le rendait heureux.

– En fait, à part moi, tout le monde le trouve plutôt sympa le paternel !

– Tu n'es pas loin du compte ! D'ailleurs à propos, il vient de me demander de te prévenir qu'il a téléphoné à ton patron. Pour l'informer qu'à partir d'aujourd'hui tu prenais ta retraite anticipée !

J'ai cru que j'allais m'étouffer !

C'était trop beau, je me doutais bien que le paternel allait d'une manière ou d'une autre céder à ses vieux démons. Il venait une fois de plus d'user de sa toute-puissance, en étant convaincu de faire le bien autour de lui.

– Et toi, Mike, travailler dans un truc que j'ai choisi en connaissance de cause, et ne rien devoir à mon père comme prix de ma liberté, ça te parle ou pas ?

Il ne répondit pas.

Mon meilleur ami d'enfance s'était-il engourdi dans l'aisance, en se prélassant à l'ombre du manoir ?

– Mike, tu n'as pas été élevé comme ça…

– Hey, je ne te juge pas moi, et personne ne t'a obligé à fuir la meute ! En plus, j'ai bossé pour en arriver là. Ton père m'a seulement mis le pied à l'étrier.

– J'ai peut-être fui, mais j'en sors grandi ! Sur les routes, j'ai connu la vie du commun des mortels. Bon sang, Mike réagit. Qu'est-ce que tu vas pouvoir transmettre de bon à ton enfant avec ta vue basse ?

– Ne pars pas sur ce terrain-là avec moi Jethro, tu n'es pas le mieux placé pour donner des conseils du genre ! Je te rappelle que tu ne pourras jamais avoir d'enfant ! Alors, laisse le thème de l'éducation aux parents !

Je préférai alors quitter le bureau, et ne pus m'empêcher de claquer la porte à en pulvériser les murs.

Il me semblait que mon père venait par effet rebond de me voler mon meilleur ami.

À peine venais-je de parvenir à un semblant de sérénité, que je me retrouvai de nouveau pulvérisé.

Je commençai à comprendre ceux, parmi les lycans, qui avaient choisi de quitter définitivement leur part d'humanité. L'instinct est finalement peut-être plus facile à vivre.

Ma cavalcade m'amena à mon chez-moi qui ne m'avait pas revu depuis mon retour. À cet instant précis, je repensais à la claque que les mots de Mike avaient causée en moi. Il ne s'était pas rendu compte de sa dureté verbale. Je n'avais pas choisi d'être comme je suis.

Je pensai alors à Nowam qui peu à peu s'imposait comme un phare

lorsque les brumes m'envahissaient.

Une pluie dense s'abattit soudainement alors que je reprenais le chemin de la maison.

Quand je franchis le seuil, Nowam vint à ma rencontre.

– Tu es trempé, Jethro ! Je me suis inquiété et Mike n'a rien voulu me dire. Il y a un problème ?

– Ne t'en fais pas…

– Tu ne sais pas mentir, quelque chose ne va pas avec Mike ?

– Rien de grave, je vais m'en remettre.

– Je veux savoir.

– Avec sa délicatesse habituelle, Mike m'a rappelé que je ne pourrai jamais avoir d'enfant ! Bon, si on changeait de sujet. Demain après ton entraînement, on ira faire un tour en ville, ça nous fera du bien !

Arrivant dans le salon, j'aperçus Nora, la femme de Troy, une belle brune au regard d'acier. Elle tenait sa fille dans les bras, et son ventre bombé indiquait une seconde naissance imminente. Décidément c'était ma fête ! Je n'avais jamais été proche de Nora, sans trop savoir pourquoi. Nous nous embrassâmes pour la forme. Ma sœur interrompit nos effusions en me disant que si je cherchais Mike, il venait de rejoindre Troy derrière les manettes de la console. Ces deux-là étaient depuis toujours de véritables accros aux jeux vidéo. Lorsqu'ils se retrouvaient, chaque fois le même rituel recommençait sans qu'ils aient besoin d'échanger le moindre mot.

Dans l'immédiat, j'attendais les plates excuses de Mike ! Et il faudrait qu'il soit convaincant !

Je ressentis soudain le besoin impérieux de m'extraire de l'agitation ambiante, et proposai à Nowam de lui faire visiter ma maison.

Il bondit comme un cabri, et n'était pas au bout de ses surprises. Je lui proposai en effet de nous y rendre en loups.

La transformation de Nowam fut moins douloureuse. Il apprenait vite et faisait preuve d'une force de caractère stupéfiante. La cavalcade pouvait commencer.

Nous avalâmes les quelques kilomètres dans une frénésie que j'avais oubliée. Nowam commençait à courir avec une aisance redoutable, montrant des accélérations qui me prenaient au dépourvu. S'il continuait à progresser ainsi, dans quelques mois je serais à la ramasse !

Après avoir repris forme humaine, nous nous rhabillâmes tant bien que mal avec nos vêtements froissés par nos gueules.

Arrivée devant chez moi, la visite pouvait commencer.

J'expliquai à Nowam que j'avais souhaité créer dans chaque pièce une ambiance différente. L'une des chambres, la mienne, évoquait les sous-bois, avec ses murs aux décors végétaux. L'autre un chalet en hiver, avec sa cheminée rustique. La salle de bain, très nippone, s'inspirait des sources chaudes.

Nowam resta un moment dans le salon, ambiance « bibliothèques universitaires anglaises », à savoir empli de livres du sol au plafond !

Il déclara d'emblée que c'était sa pièce préférée.

– Jethro, pourquoi collectionnes-tu les livres en deux versions, française et anglaise ?

– C'est compliqué de résumer le truc vite fait. Les deux langues proposent des nuances qui changent tout, et pourtant ce sont les mêmes histoires. Je trouve cela vertigineux. Deux histoires identiques… et si différentes ! Je ne sais pas si je suis bien clair.

Nowam me regarda avec un sourire qui me gêna.

– Tu lis l'anglais couramment ?

– Comme beaucoup ici tu sais, c'est ça le Canada !

– Ta maison est plus chaleureuse que celle de ton père !

– Merci. L'important c'est qu'elle te plaise.

Vers vingt heures, nous fîmes une entrée peu discrète dans le manoir familial, car tous nous attendaient.

Mon père se racla la gorge.

– Eh… vous étiez où ? On commençait à trouver le temps long !

Troy n'avait pas vraiment changé depuis l'université.

Toujours ses muscles hyper sculptés, à la limite du ridicule, ses cheveux apprêtés jusqu'à la maniaquerie !

Un peu air auto-suffisant en plus peut-être ! Mais qui allait fort bien avec le reste !

Il ressemblait de plus en plus à son Prélat de père, qui d'après Mike, avait pistonné son rejeton comme jamais afin qu'il puisse intégrer la garde.

La soirée s'écoula sans histoire. Troy raconta qu'il jouait dans une équipe de football américain à Phénix. Mon père était admiratif comme s'il s'agissait de son propre fils. Mike restait silencieux, croisant parfois mon regard.

Il se doutait bien qu'il était allé trop loin. Les femmes devisaient de leur côté en riant de temps à autre.

Nowam et moi rejoignîmes notre chambre. Comme à notre habitude, le jeune loup s'écroula rêvant une bonne partie de la nuit, alternant entre rires et cauchemar.

Demain, il faudrait que j'aie une explication avec mon père.

CHAPITRE 13

Dès l'aurore, la session d'entraînement commença. Nowam, qui pourtant avait cette fois dormi sans hurler à la mort, tenta une forme intermédiaire sans grand succès.

– Ne t'inquiète pas, ça sera pour une prochaine fois. Aujourd'hui, c'est détente !

Après une douche rapide, j'écrivis un mot à ma mère :

« Nous passons la journée en ville, ne nous attendez pas pour manger, on sera de retour sûrement en fin de soirée.

PS : Prends du repos, demain c'est la première chasse de printemps. Je tiens à toi maman. Au fait papa m'a joué un sale tour. Je te raconterai. Ton Jethro. »

Nous sautâmes Nowam et moi dans le pick-up, Mademoiselle K à fond, en direction de la ville.

Notre première halte ne fut pas le troquet, auquel Nowam s'attendait, mais une librairie où l'adolescent taciturne et déjà solitaire que j'étais avait passé des journées entières à feuilleter tout ce qui lui tombait sous la main. Le propriétaire me reconnut tout de suite.

– Fais-toi plaisir, Nowam, laisse-toi aller.

Il ne fallut pas le lui dire deux fois. On aurait dit un gamin dans un magasin de bonbons.

Je crois bien que le libraire gagna en une heure, autant que durant la semaine précédente. Attiré par sa couverture inquiétante, Nowam choisit un énorme bouquin sur les sciences occultes, dont il ne devait pas comprendre le titre. Il jeta ensuite son dévolu sur un manuel traitant de l'évolution de l'homme, illustré de planches magnifiques. Pour finir, il s'offrit une série de trois tomes d'héroïque fantaisie, dont l'auteur était un certain « Tirane ».

– Tu as vu Jethro, le sourire du vendeur, il doit être content de sa journée !

– Certes, mais cet homme aime avant tout les livres, c'est le plus important ne crois-tu pas ?

La naïveté de mon ami aurait pu me consterner, au contraire elle me touchait. J'incitai alors Nowam à visiter la ville, nous pourrions ainsi éviter de nous enfermer devant un burger !

Nous prîmes à pied la direction du centre. Nous traversâmes un immense parc cerné d'une petite rivière où des couples d'amoureux, encore eux, ramaient nonchalamment. Nowam s'empara de ma main, et je ne résistai pas. Il n'avait jamais vu autant d'écureuils de sa vie. Comme dans presque tout le Canada, ceux-ci pullulaient et mettaient une sacrée zizanie dans les intérieurs. À un carrefour, Nowam fut intrigué par une imposante sculpture représentant une ancienne gloire locale : un musher et ses huskies. On l'appelait « Gros Jack », il faut dire qu'il n'avait pas volé son surnom ! Nous longeâmes un magasin bariolé, spécialisé en jeux et consoles, où je m'étais jadis ruiné, sans même nous y arrêter. Une vraie performance pour quelqu'un comme moi !

Je proposai ensuite à Nowam de nous concentrer sur sa garde-robe. Il n'évoquait pas tout à fait un SDF, mais pas loin !

Deux heures et cinq boutiques plus tard, le jeune loup blanc s'était de nouveau métamorphosé, cette fois sans la moindre goutte de sang.

Nowam avait opté pour un look très cool, mi-rock'n roll, mi-surfeur. Toutes les têtes se retournaient sur son passage comme si Colton Haynes lui-même était en ville !

Le soir venu, c'est dans un restaurant chinois que nous décidâmes de clore la journée, en un parfait mélange sucré salé. Ce jour semblait avoir marqué la renaissance de Nowam.

– C'était vraiment génial Jethro, merci beaucoup, surtout qu'on était ensemble !

– Tu n'as pas besoin de me dire merci, je le fais pour toi ! Et puis l'amitié se passe du moindre calcul !

Lorsque nous nous retrouvâmes à l'air libre, la lune était presque à son apogée.

– Demain soir elle sera pleine, et se teintera alors d'un magnifique jaune orangé.

– Ça va être beau.

– Ouais, très beau.

Nowam dormit pendant tout le trajet du retour. Je sentais que ma vie était en train d'amorcer un virage considérable, et commençais à croire que ma solitude légendaire n'était peut-être pas une fatalité.

Le lendemain, chacun aida à la préparation de la fête du soir. La première chasse de printemps est un événement de taille chez les loups. Elle signifie le renouveau, et toute la meute y participe.

L'entraînement de Nowam commençait à porter ses fruits. Au bout du quatrième essai, il réussit à dominer sa forme intermédiaire. Le plus impressionnant restait son visage, d'une dureté d'acier, armé de crocs qui n'attendaient qu'une chose : en démordre.

De temps à autre, je percevais le regard de Mike, se poser sur nous. Je n'arrivais toujours pas à lui pardonner.

– Jethro, j'ai réussi, grâce à toi !

– C'est un bon début, au prix de tes efforts. La forme que tu viens d'expérimenter est essentiellement utilisée pour les combats tactiques.

– Ça veut dire que je vais apprendre à me battre ?

– Oui, dans quelque temps. Tu n'es qu'un lycan, pas un chihuahua, ne l'oublies pas ! Mais pour que tu apprennes, il va falloir que tu sois attaqué. Et sans te faire de cadeaux, je ne suis pas prêt à jouer le jeu !

– Alors, on peut proposer à Mike !

Si Nowam se trouvait parfois en difficulté question vocabulaire, son intelligence n'était pas en manque. Comment Mike pourrait-il en effet participer à sa formation, sans que lui et moi fassions la paix ?

Mike qui avait tout entendu s'approcha de moi d'un pas hésitant en arborant un sourire débile.

– Je te présente mes excuses Jeth. Tu sais que je n'ai jamais été le champion de la délicatesse, et sur ce coup-là, j'ai obtenu la médaille d'or !

– OK Mike, je ne vais pas faire ma petite nature, je cicatrise mieux qu'autrefois. Mais je ne suis pas certain de pouvoir accepter une prochaine sortie de route du même tonneau.

– Je suis sincère Jethro, je me suis comporté comme le roi des cons !

– Heureux, de te l'entendre dire.

N'étant pas adepte des grands épanchements, j'embrayai aussitôt sur l'éducation de Nowam.

– Puisque tu écoutes aux portes Mike, que penses-tu de la proposition de notre jeune loup ? Tu pourrais ainsi poursuivre ton rôle de méchant ?

– Très drôle !

Nowam riait de bon cœur. Il courut vers la voiture et revint avec Mademoiselle K...

– Oh ! Ne me dis pas que toi aussi tu écoutes ce truc ! dit Mike.

« Aisément, aisément doigts dans l'nez, on est cap' de faire. Faire la fin du monde en deux secondes. Une pour toi, une pour moi, aisément on fait la fin du monde. J'te donne l'hémisphère nord, j'ai froid. Je prends l'hémisphère sud. »

Nous rentrâmes dans mon chez-moi, qui ces derniers temps reprenait vie, et Mike me montra du doigt une vieille image encadrée, posée sur le bureau.

– Tu as encore cette vieille photo ?

– Hum, un de nos rares bons moments tous ensemble.

Mike, Troy et moi avions été ainsi immortalisés un été dans la réserve d'Anna et Franck.

– Je me souviens, c'est ta mère qui l'avait prise. C'était bien. Après, ça a été beaucoup moins fun.

– Ouais, on s'est tous peu à peu perdu de vue pendant l'université.

– Tu veux dire au moment où vous m'avez lâché, toi en tête !

– On avait chacun pris des orientations différentes, normales !

– Ce qui ne t'empêchait pas d'être tout le temps fourré avec Troy !

Mike se gratta la tête, ce qui chez lui signifiait qu'il n'avait plus le moindre argument en magasin.

– À ton avis, pourquoi, j'ai arrêté mes études au bout d'un an Mike ? J'ai vite compris qu'un homo qui traînait avec vous ça faisait tache !

– Tu voulais devenir prof, je me souviens.

– C'est du passé.

– En attendant ta hargne vis-à-vis de Troy c'est du présent !

– Ce n'est pas de la hargne comme tu dis, mais c'est de la légitime défense.

Nowam, qui venait de s'extraire de son bouquin de sciences occultes, nous interrompit.

– Désolé de perturber votre prochaine prise de tête, mais il y a quelque chose à boire ? Jethro, c'est vrai que ça t'aurait plus d'être prof !

– C'est du passé désormais, oublie ça, Nowam !

Je revins quelques minutes plus tard avec un plateau et trois tasses de thé fumantes.

– Ça vous dirait une partie de Street Fighter ? dis-je. Oui je sais, ça ne va pas trop avec le thé, mais c'est plus classe qu'une bonne vieille bière amère. Tu devrais en profiter, Mike, la prochaine activité à laquelle tu deviendras accro, sera le changement de couches !

Nowam riait de nouveau, sirota son thé à la menthe tout en reprenant la lecture de son livre.

– Dis-moi Jethro, murmura Mike. À part ça, ce jeune loup immaculé dont tu t'es entiché, il vient d'où ?

– Je ne sais pas tout, mais pour ce que j'en sais, c'est à lui de le dire.

Le temps s'écoula au rythme des parties. Nowam s'endormit, le livre ayant fini par lui basculer sur le nez. Le bruit de la sonnette me fit sursauter. Ma sœur passa sa tête dans l'embrasure de la porte, suivie de Troy. Toujours là quand on ne l'attend pas.

– Bordel, qu'est-ce que vous foutez, il est presque 17 h, la meute commence à arriver. Je suppose que mon homme est avachi devant un écran pendant que je me tape tout le boulot !

Mike se leva en sursaut, couru vers Alicia, armé de son sourire le plus charmeur et tous les deux sortirent.

Troy resta planté dans l'entrée, regardant autour de lui, prêt à dégainer.

– Ce n'est pas très gai chez toi Jethro, ça fait vieux gars, c'est fou comme l'absence d'une nana se fait ressentir !

– Encore un seul mot Troy, et plus personne ne te reconnaîtra pendant longtemps. Maintenant, tu sors de chez moi et n'y remets jamais les pieds.

Je dus être persuasif, car ce petit con détourna les talons en maugréant, et libéra le plancher.

– Ce n'est pas le grand amour entre vous deux ! me dit Nowam.

L'intrusion provocatrice de Troy ne me disait rien qui vaille.

CHAPITRE 14

Je pris l'initiative de demander à Nowam de se faire beau pour la soirée qui s'annonçait en présence de toute la meute.

Pour accompagner la veste à laquelle il tenait tant, il choisit une chemise bleu nuit unie, ornée de deux ailes blanches dans le dos.

– Alors, je te plais ?

– Pas vraiment discret, mais j'avoue que cela fait son effet !

Nowam ne sut pas trop comment prendre ma remarque, et devint rouge vif.

Lorsque nous arrivâmes au manoir, un nombre impressionnant de véhicules occupait déjà les abords. Une musique techno marquait le tempo. Un DJ choisi par Mike était aux manettes et y mettait du cœur. Malgré cela je percevais un nombre incalculable de conversations mêlées, et arrivais même à identifier quelques voix. Celles de mon père, d'Alicia, et de ce naze de Troy qui faisait son numéro de charme à une jeune louve hystérique. On se fraya un passage parmi les lycans, et je sentis monter l'appréhension chez Nowam qui ne me quittait pas d'une semelle. Nous rejoignîmes ma mère qui échangeait avec de vieilles connaissances. Tous les regards convergèrent vers nous, et j'eus l'impression que Nowam allait se liquéfier.

– Ah, mon Jeco, Nowam, vous en avez mis du temps ! Vous avez vu l'heure, 18 h passées, ton père va faire son discours, m'annonça ma mère.

– Oh non, pas déjà !

– Eh si, déjà, il va intégrer officiellement Nowam dans la meute !

Mon père monta sur une petite estrade installée près du DJ, et le silence se fit immédiatement. Son autorité était indéniable. Debout en contrebas du paternel se trouvait Tristan, son Prélat, par ailleurs père de Troy. Un grand baraqué, avec le même air suffisant. Un mélange équilibré d'arrogance et de stupidité. Comment mon père avait-il pu se choisir un bras droit aussi peu charismatique. Les coulisses du pouvoir comme on dit.

– Bonsoir à tous et à toutes, et bienvenue du fond du cœur. C'est toujours un honneur pour moi de présider à votre destinée. Comme chaque année, nous nous réunissons pour fêter le début du renouveau. Bienvenue particulièrement aux jeunes louves et louveteaux nés cette année. Que leurs vies soient belles, et qu'ils soient dignes de la meute à laquelle ils appartiennent désormais. Cette année est exceptionnelle, mon fils aimé, Jethro, nous est revenu après avoir sillonné le monde. Un jeune loup perdu l'accompagne, à qui nous offrons l'hospitalité. Alors Nowam, si tu veux bien me rejoindre.

Paniqué, Nowam implora mon soutien du regard, et ma mère l'encouragea en tendant le bras vers l'estrade. Au moment même où je tentai de prendre sa main, Tristan le poussa énergiquement vers l'estrade improvisée sous les yeux goguenards de Troy. Le Prélat prit la parole :

– Allez Nowam, courage, nous n'allons pas te manger !

Une partie de l'assistance riait, et mon cœur s'accéléra. Tout ceci sentait le traquenard.

Mon père reprit alors son discours :

– Je vous présente donc Nowam, un jeune loup blanc prometteur. Et mesdemoiselles… un cœur à prendre, qui a besoin de réconfort !

Je crus défaillir, mon cerveau disjoncta, mes yeux s'enflammèrent et une rage inconnue me submergea. Troy et son père me regardèrent, vicieux et conquérants. Ma mère, soudain devenue livide, s'éloigna de l'assistance en serrant les poings. Je la rattrapai pour lui glisser quelques mots.

– Maman, tu savais ce qu'il allait faire et tu ne m'en as même pas parlé. J'avais confiance en toi !

Mon père, lui aussi, savourait sa victoire, et me regardait en ne pouvant réprimer le sourire qui naissait à la commissure de ses lèvres.

C'était donc ça ! J'avais beau m'attendre à un coup bas de ta part père, je ne l'aurais jamais imaginé aussi violent. Mes sens ne m'avaient pas trompé, mais n'avaient pas anticipé l'intensité du désastre.

J'essayai de récupérer Nowam, abandonné à la meute. Je l'aperçus, les bras ballants, devant des dizaines de mains avides de toucher cette rareté incarnée.

– Viens Nowam, cassons-nous d'ici.

Mike tenta à son tour de me retenir, mais ma détermination était telle qu'il n'insista pas. Comme ma mère, et maintenant Alicia, il semblait anéanti.

L'Alpha nous avait trahis. Un sentiment de honte m'envahit, car cet Alpha était mon père !

Nowam s'engouffra dans le pick-up comme en état de choc et je ne valais pas mieux. Même Mademoiselle K eut du mal à nous extraire de cette angoisse qui nous tétanisait.

– Je comprends pourquoi tu restais sur tes gardes vis-à-vis de ton père, me dit Nowam.

L'orage gronda au loin. Devant la maison, je remarquai une silhouette abritée sur le perron. À travers les balais d'essuie-glace, je reconnus Tristan !

J'avais pourtant dit à ce type de ne jamais remettre les pieds ici. Nous descendîmes de voiture et fîmes front comme un seul homme.

– Te connaissant, dis-je, tu n'es pas là pour fumer le calumet de la paix, mais pour chercher des noises !

– Que vas-tu chercher, Jethro, je suis venu faire connaissance avec ton ami. Ou devrais-je dire, ton petit ami !

Un bruit nous fit sursauter. Troy apparu dans l'ombre. Sa tonne de muscles me fit basculer sur le côté et il s'empara aussitôt de Nowam.

Tristan s'approcha au moment où je me relevai pour me maintenir au sol me forçant à regarder la scène.

– Alors, Nowam, tu vas être gentil et te transformer pour moi ? Lui souffla Troy au visage. Attends, je vais t'y aider ! continua-t-il dans des mots plus sauvages.

Nowam se défendit tant bien que mal allant même jusqu'à lui griffer le visage. La plaie allait mettre du temps à cicatriser, c'était sûr. Mais reprenant le dessus, Troy entamant le déchiquetage des vêtements de Nowam, dont la veste à laquelle il tenait tant. Quand il découvrit son dos marqué cela en fut trop. Je sentis alors pour la première fois, mon loup et moi en symbiose. Accordés dans un seul et même but : sauver et protéger Nowam. La prise serrée de Tristan ne pouvait plus me retenir, ma colère allait être dévastatrice.

CHAPITRE 15

Mes vêtements n'arrivaient plus à me contenir ils craquèrent tous, même ma ceinture faite de cuir. D'une poussée de mon bras quasi transformé, Tristan fut projeté contre le mur de ma bâtisse qui allait en garder les traces. Avec un élan de dernière force avant de sombrer, il beugla à son fils apeuré devant ma forme.

– Fuis Troy… Fuis…

Troy, prit la poudre d'escampette, mais en un rien de temps mon loup devenu massif le rattrapa, commençant même à jouer en le faisant trébucher. Il n'était devenu qu'un simple mouton dont j'allais tailler la laine à même la chair. Sa course s'arrêta brusquement quand un de ses pieds se prit dans une racine d'arbres. Je ne lui avais pas laissé le temps de changer de forme. À bout de souffle, les yeux empreints de peur et de colère mêlées, il me provoqua et me lança à haute voix en ultime désespoir « Bah vas-y qu'est-ce que t'attends ? ». J'élançais ma patte droite prête à entamer sa gorge et à en finir avec tout ça une bonne fois pour toutes, quand une silhouette apparut s'interposant entre nous deux et m'arrêta juste à temps.

Nowam reprit forme humaine puis posa délicatement sa tête contre mon museau murmurant « s'il te plaît, ne fais pas ça, ne deviens pas comme lui ». Puis il toisa Troy du regard en lui faisant comprendre que la prochaine fois ce serait lui-même, en personne, qui lui trancherait la jugulaire.

Je congédiai mon loup et regardai Nowam de mes yeux les plus sincères tout en le serrant contre moi.

Mes sens toujours à l'affût furent de fortes utilités quand Troy griffes levées au ciel les fit s'abattre sur Nowam. Nowam qui, par ma vigilance, fut éloigné à temps, mais pas moi. Les griffes entamèrent ma poitrine laissant une plaie béante d'où coulait abondamment du sang. Nowam m'accueillit dans ses bras ne sachant pas quoi faire pendant que Troy prenait la fuite à contresens.

Nowam posa sa main libre sur la plaie en tentant de retenir le sang. Ses larmes coulaient chaudement sur ses joues me demandant de ne pas le laisser. Puis sans prévenir, une chaleur se mit à rayonner de son corps et à m'envahir entièrement. Ébahi par le phénomène, j'observai la plaie de mon torse se refermer à très grande vitesse. Nowam retira sa main, les larmes avaient cessé de couler pour faire place à l'incrédulité de la situation. Comment avait-il réussi un tel prodige ?

…

Les premiers rayons du soleil me réveillèrent. Nowam, blotti contre moi, dormait encore. Cette nuit avait été particulière. Moi non plus, je n'étais plus le même.

Il fallait que j'informe Mike des derniers événements.

Quand nous quittâmes la maison, Mike, nous attendait déjà devant la porte avec la mine d'un flic en faction. Il y a des journées qui sont foutues avant même qu'elles ne débutent !

– Eh, Mike, qu'est-ce que tu fais là ?

– Mission spéciale. L'alpha te demande, car Troy t'accuse d'agression. Nowam aussi est convié.

– C'est une blague ?

– Non, malheureusement Jethro.

Comme il fallait s'en douter, Troy et son père avaient déjà mijoté leur contre-attaque.

Nowam ne décrocha pas un mot pendant tout le trajet.

Debout devant la lourde porte du manoir, ma mère, ma sœur et la femme de Troy, nous attendaient déjà.

Cette dernière me toisa comme si j'étais un assassin.

Ma mère s'avança, me prit à l'écart et me serra dans ses bras.

– Je ne crois pas un mot de toute cette histoire mon Jeco, et Mike m'a tout raconté. Mais ton père est furieux. Garde ton calme et ça devrait bien se passer.

Mon père, qui pour l'occasion avait adopté une mine de procureur, nous attendait dans son bureau. Derrière lui, à sa droite, se tenait Tristan. Troy, quant à lui, était avachi dans le fauteuil en face, son visage avait gardé la marque de son affrontement. Il se redressa à notre arrivée. Le cirque pouvait commencer.

Nowam se tenait à mes côtés, paraissant immense, le visage impassible, le regard fixé droit dans les yeux de mon père.

– Fils, sais-tu pourquoi, je t'ai fait demander avec ton ami ?

– Pas le moins du monde…

– Tristan t'accuse d'avoir molesté son fils, prétend que s'il n'était pas intervenu, tu l'aurais tué !

– Rien que ça ! Désolé de contredire ce scénario, père, mais c'est tout le contraire. Troy qui nous attendait devant chez moi, se trouvait là pour nous provoquer, suivi de peu par votre Prélat qui nous a violemment agressés, Nowam et moi.

Nowam me fit signe de ne pas perdre mon calme, sinon, en effet, je crois que j'aurais pu commettre l'irréparable !

– Votre Prélat et son fils avaient l'air d'avoir tout prémédité, ajoutai-je.

– Fais attention à ce que tu insinues, fils, ne vas pas trop loin !

– Je n'insinue rien, j'affirme ! Cette histoire est la suite de ce que nous avons vécu, Nowam et moi, après votre fameux discours de bienvenue ! Peut-être que Troy cherchait à se venger pour le baiser, que nous avions partagé, il y a de cela quelques années.

– Tu mens, rétorqua Tristan, crachant sa haine au travers de son regard.

L'assistance entra tout en se rapprochant, parmi elles, ma mère et Alicia, qui me regardait comme si, cette fois, je m'étais métamorphosé en détracteur. L'Alpha brandit son index en direction de son Prélat qui bouillait sur place, en lui intimant l'ordre de ne pas bouger d'un cheveu. Ce dernier reproduisit le même geste en direction de Troy qui s'enfonça au fond du fauteuil au point de disparaître.

Nowam prit alors la parole.

– Alpha, j'ai le sentiment que vous vous obstinez à détruire votre fils, en l'éloignant de tous ceux qui comptent à ses…

– Cela suffit, Nowam, je ne t'autorise pas à me juger ! N'oublie pas, qui je suis, que tu as été admis dans la meute parce que je le veux bien !

Mike s'avança :

– J'ai assisté à la scène, Jethro s'est bel et bien fait agresser par votre Prélat et son fils. C'est pour se défendre qu'il s'est métamorphosé en loup fusionnel.

Nowam poursuivit :

– Tout ceci est vrai, Jethro m'a sauvé avec un courage dont peu ici seraient capables. Vous ne le méritez pas, et la meute ignore ce qu'elle perd en vous suivant dans votre haine ! Vous vous languissez de connaître mon histoire ? Sachez seulement que sur le thème de la violence, vous n'avez pas grand-chose à m'apprendre !

Tristan hurla :

– Vous n'allez quand même pas croire, ce que disent ces… pédales ! Alpha… votre fils vous manipule.

– Je vous interdis de parler de mon fils de la sorte ! répondit mon père sur un ton glacial en pointant du doigt son Prélat.

– Arrête papa, ajouta Troy, tu nous enfonces.

– Eh bien, Nowam, poursuivit mon père, pour un louveteau perdu, sachant à peine parler, tu ne manques pas d'aplomb !

Je contemplai mon lien avec admiration. C'est alors que je me souvins de ce fameux soir, sur ce maudit parking, et de cette étrange impression de force en sommeil qui émanait de tout son être en dépit de la situation.

CHAPITRE 16

Après sa pitoyable rechute, mon père semblait vouloir faire amende honorable. L'Alpha venait de perdre le bras droit qu'il s'était lui-même choisi, et ne devait pas être fier de s'être fait doubler. Son amour-propre en avait pris un sacré coup. Je ne le plaignais pas, il en avait à revendre ! Mais il fallait reconnaître qu'il m'avait radicalement défendu. Initiative qui ne manquait pas par ailleurs de regonfler son autorité.

Comme il fallait s'en douter, le ventre de Nowam ne tarda pas à réclamer son dû.

– Je rêve de pancakes recouverts de torrents de sirop d'érable, saliva-t-il.

– Va, pour des pancakes.

Mon père me pria de rester encore un peu.

– Non papa, tu as des choses urgentes dont tu dois t'occuper, j'imagine. Et nous aussi, on a à faire. Ce sera pour une prochaine fois.

En sortant, nous fûmes rejoints par Mike près du 4X4.

– Son geste ne manquait pas de courage, après les nombreuses révélations faites !

– Alors comme ça, tu n'es pas un loup, mais une poule mouillée à ce que j'ai compris ! Tu aurais pu venir nous aider au lieu de ça, tu as simplement regardé le spectacle.

– Comment voulais-tu que je réagisse, Jethro, Troy était mon ami ; la situation était irréaliste et je n'ai pas su comment gérer.

Le poussant pour rejoindre mon véhicule je lui répondis :

– Quand on est con, c'est pour la vie Mike, en érigeant mon majeur, une valeur sûre dans la langue des signes.

La fin de la matinée devint le début de l'après-midi, au fond d'un snack aux couleurs acidulées, servant des pancakes de compétition. Nowam en dévora une collection, sous les yeux écarquillés d'une adorable serveuse aux cheveux bleus, déguisée en sucette.

Je décidai d'appeler Frank et Anna afin de leur raconter les derniers événements, et leur proposai de venir. Puis, je passai une commande spéciale à Nana.

– Si vous veniez quelques jours à la maison, Nowam serait ravi, et ne vous en faites pas, on a une chambre rien que pour vous avec une vue imprenable.

– Jethro, c'est vrai ce que je suis en train de comprendre, vous vous êtes mis ensemble toi et Nowam ? demanda Frank.

– Demande à Mike, je crois qu'il a une petite idée sur la question. Même si je ne suis pas encore sûr de moi. Allez, je compte sur vous, on vous attend !

Les jours d'après passèrent à une vitesse folle. Entraînements intensifs avec Mike, lectures, balades en ville, et hécatombes de pancakes. Je commençais enfin à apprécier la vie simple.

Mike restait parfois avec nous après l'entraînement, pour des parties endiablées de PS4 arrosées à la bière belge et blanche. Il finissait par se faire à l'idée de nous voir, Nowam et moi, partager la même salle de bains, et s'était fatigué de lui-même de ses vannes à deux balles.

Mon père ne savait pas sur quels pieds danser vis-à-vis de nous deux, et faisait le silence radio. Ma mère venait souvent nous voir, parfois accompagnée d'Alicia, et nous comblait de ses petits plats préparés. Elle disait que ma cuisine n'était pas assez riche pour Nowam, et qu'il avait besoin d'être remplumé. Ce qui me fit le plus plaisir venant d'elle, c'est lorsqu'un soir elle me confia sur le pas de la porte.

– Je suis heureuse de te voir sourire à nouveau mon Jethro, ça faisait si longtemps.

CHAPITRE 17

Deux semaines après, un dimanche matin frisquet et humide, vers six heures, la sonnette retentit. Embrumé, zigzagant comme un zombie, je tombai devant Frank et Nana, tout sourire !

– Het Jethro ! me lança Frank alors que Nana me sautait dans les bras. Oui je sais, on aurait dû prévenir, mais ça s'est arrangé à la dernière minute. Tu n'imagines pas la galère. La restauration, c'est pire que l'industrie. Excité par ces retrouvailles, Frank parlait, parlait, parlait tant, que très vite, je ne captais plus le moindre mot.

Une série de cafés s'imposait, d'autant que la table du salon disparut subitement sous une montagne de brioches et de croissants encore fumants.

Nana me tendit un paquet soigneusement préparé, qu'elle accompagna d'un clin d'œil.

Réveillé par une série d'odeurs familières, Nowam se pointa peu après en traînant les pieds, les cheveux en pétard. Il se figea un instant, et se rua sur Nana en poussant des cris inédits.

– Un vrai bonheur de contempler ces deux-là qui donnait l'impression de se connaître depuis un demi-siècle ! fit remarquer Anna.

– Nous sommes désolés que tu aies perdu un ami, rajouta Frank, après un petit déjeuner gargantuesque.

– Ne vous en faites pas, Troy et moi n'avons jamais été très potes, le dossier ne datait pas d'hier.

Frank se rapprocha de moi et me susurra à voix basse.

– Dis donc entre Nowam et toi ça a l'air de le faire. Vous faites plaisir à voir ! En attendant, ça me fait un sacré plaisir de me retrouver avec toi sur nos terres. Il va falloir maintenant qu'on aille les arpenter, ça me démange déjà !

Nana se leva subitement, radieuse, s'adressa à Nowam :

– Maintenant, je crois que Jethro à quelque chose pour toi.

Nowam me regarda surpris, et je lui tendis le paquet glissé sous la table du salon.

Il soupesa l'objet, me regarda à nouveau, puis l'ouvrit en déchirant l'emballage comme un enfant au pied du sapin de Noël.

Il brandit alors devant lui, triomphant, un blouson en tout point semblable à celui que Troy avait mis en lambeaux. Sans un mot, il vint tour à tour nous étreindre.

– Vous êtes ma famille et peut-être, l'avez-vous toujours été.

Frank calma les effusions.

– À propos de la famille, Nowam, je suis moi aussi très impatient de faire connaissance avec ce loup blanc qui sommeille en toi. Et dont tout le monde parle. J'ai aussi hâte de revoir Mike et ma belle-fille.

Puis Frank partit en cuisine nous concocter l'un de ses bons petits plats. Ayant toujours l'envie d'apprendre, Nowam décida de lui prêter main-forte.

Après le repas du midi, une balade digestive s'imposa. La

lumière était magique en bordure du lac, et une fois de plus Nana s'extasia devant la beauté des yeux de Nowam, qui captaient les moindres nuances de ce bel après-midi. Et encore, elle ne connaissait pas la beauté surnaturelle de son loup, à laquelle je ne parvenais toujours pas à m'habituer.

À notre retour, Mike et ma mère attendaient devant la porte.

Et ce fut de nouveau la fête.

En excluant toute contestation, ma mère nous invita tous au manoir.

– Ça va redonner un peu de vie à cette grande bâtisse beaucoup trop vide à mon goût, dit-elle.

Bizarrement, ces quelques mots prononcés par ma mère me plongèrent dans une profonde et soudaine mélancolie. Pendant le trajet, Mike se mit en mode « moulin à paroles. » C'est sûr qu'à ses côtés, je ne faisais pas partie des plus loquaces.

– Ah ! Vous voilà enfin ! quelle heureuse initiative ! Dit mon père sur un ton sincèrement ravi. Alicia rayonnante se tenait à ses côtés sur le perron.

Elle s'approcha d'Anna toute souriante.

– Belle maman, je suis trop contente, je vais pouvoir vous montrer ce que l'on va lui mettre !

– Ce que l'on va lui mettre ?

– Oui, à votre petit-fils ! Je n'arrête pas de feuilleter les catalogues, il sera le plus mignon de tous les louveteaux de la meute.

Mon père complimenta Anna sur sa beauté, lui baisant la main, sous le regard amer de ma mère qui devait penser qu'il en faisait trop.

Personne ne pensa à nous mêler aux conversations qui suivirent. Je ne pouvais pas leur en vouloir, cela faisait longtemps qu'ils ne s'étaient pas ainsi tous réunis.

Nowam me murmura à l'oreille :

– Loup ! dit-il, fier du surnom qu'il m'avait trouvé. J'ai envie de rentrer, je ne me sens plus très à l'aise.

Mon père insista pour que nous restions, mais je refusai poliment. Il nous raccompagna jusqu'à la porte et je sentis sa main se poser sur mon épaule.

– Nous n'avons pas reparlé depuis la dernière fois.

– Je ne suis pas sûr de vouloir revenir sur le sujet.

– Je ne voulais pas reparler de cette fin de discours calamiteuse dont je ne suis pas fier. Être Alpha, c'est avant tout, rechercher le consensus afin d'éviter les conflits. Je me suis fait abuser par de mauvais conseiller, et je m'en excuse. Mais là n'est plus le sujet. Est-ce que tu es heureux ?

– Pourquoi me demandes-tu ça maintenant ?

– Tu sais que j'aurais aimé avoir des petits-enfants de toi, que tu puisses reprendre les rênes de la meute. Mais depuis que tu es revenu, j'ai compris que le plus important est que tu trouves ton équilibre. Encore désolé d'avoir été aveugle si longtemps.

– Je t'entends papa, et suis touché, mais ne m'en veux pas de rester prudent. Donne-moi encore un peu de temps.

Arrivé à la maison, Nowam s'installa dans le canapé, livre en main. Devant cette image apaisante qui dorénavant était ma vie, je branchai la hi-fi., et Mademoiselle K (solidaire) se fit entendre…

« En tombant par terre, j'ai pris une claque solidaire. Détesté tout l'monde, balancé toutes mes bombes. Moins on est lucide, plus on est stupide. Quand j'étais par terre, J'ai vu des gens solidaires. Ils étaient dix à me raconter leurs vies. Plus on est nombreux, plus on oublie qu'on est triste. »

Dictées par nos instincts, la soirée et la nuit qui suivit nous échappèrent.

Je sentis monter en moi l'envie irrépressible de revendiquer Nowam comme étant mien. Nul loup ne pourrait alors l'ignorer ! Il me fallait pour ce faire lui infliger ma « morsure d'accouplement. » Même si cela paraît barbare aux hommes, la cicatrice qui en résulte révèle aux prétendants que le loup convoité est lié à jamais. Mais Nowam était-il prêt ?

Je n'avais jamais parlé de ce rituel à Nowam, ne voulant pas prendre le risque de le perdre en le brusquant.

Nos pelages s'effleurèrent, nos griffes s'enfoncèrent mutuellement en nous à la limite de la blessure. Nos deux corps tressaillirent, et c'est là que ne contrôlant plus rien, je mordis puissamment et lentement le coup de Nowam jusqu'au sang, laissant l'empreinte régulière de ma mâchoire. Nowam ne broncha pas, poussa au contraire un long soupir comme si la signification de cette douleur était depuis toujours inscrite dans sa mémoire. Le rêve avait été assez réaliste pour mes sens, car les draps en étaient maintenant marqués de multiples façons.

Un repas avait été prévu le lendemain au manoir. Difficile de se défiler, il s'agissait ainsi de saluer le départ prochain de Frank et Nana.

Frank avait fini par nous convaincre, en glissant à Nowam qu'il cuisinerait des hamburgers inédits qu'il devait tester pour son resto, et dont il se proposait de lui apprendre la recette.

Nana vint s'asseoir à côté de moi en sirotant un jus de fruits :

– Tu n'as pas l'impression qu'on joue les pachas, en attendant que le repas se fasse. De nos jours, c'est rare de voir un homme faire la cuisine.

– Ouais, c'est ça l'homme moderne, qu'il soit homo ou hétéro !

– En attendant honneur à vous, car l'Alpha semble s'être fait une raison…

– Nana, je crois bien que lorsque Nowam sera prêt, on quittera la meute.

– Quoi ! Tu es sûr ?

J'avais l'impression d'avoir lâché une bombe.

– Encore aujourd'hui, on ne se sent pas vraiment à notre place. Et puis, c'est plus fort que moi, je me méfie toujours de mon père.

– Tu sais Jethro, quoi qu'on en dise, un loup a toujours besoin d'une meute.

– Je ne veux pas prendre le moindre risque que Nowam se fasse agresser de nouveau. Même si je conçois que mon père semble avoir baissé les armes. Je sais que son intégration dans la meute ne plaît pas à tout le monde. Comme le fait que je sois homo et que Nowam soit mon lien, ce qui maintenant n'est un secret pour personne. Et Nowam est de surcroît un loup blanc ! Les phantasmes des uns alimentent la haine des autres. Et, je ne te dis pas tout.

– Comme ça, tu ne me dis pas tout ?

– Nowam porte un nom qui, à lui seul, pourrait le faire exclure, tu dois savoir de quoi je parle.

– Je ne te suis pas Jeth. Nowam a un père totalement à cran, qui le recherche certainement, et tu crois être plus à même de le protéger en quittant le groupe ! Alors là, c'est toi qui, du coup, aggraves les risques au-dessus de la tête de ton ami !

– Je ne sais pas, peut-être Nana.

– Ne joue plus au héros solitaire Jethro, tu n'ignores pas que ton père a des relations dans toutes les meutes influentes, y compris à l'étranger, il pourrait t'aider.

– Il faut que j'y réfléchisse, mais ce serait vraiment en dernier recours. Si Nowam a un père, il a aussi une mère, et j'ignore, s'il y tient encore.

Un « c'est prêt ! » sortant comme un boulet de la cuisine stoppa net la conversation.

– Quand mon Frank dit que c'est prêt ça l'est !

Le repas préparé par Frank et Nowam dépassa toutes les prévisions et resta dans toutes les mémoires.

– Frank m'a dit que le meilleur moyen d'atteindre le cœur d'un homme, c'est par l'estomac ! déclara Nowam à l'assemblée

– Bien résumé ! répondit Frank en se léchant les doigts,

– Tu peux rajouter également le cœur d'un loup !

L'assemblée riait de bon cœur et chacun leva son verre en saluant l'Alpha, puis Nowam.

Quelques heures plus tard dans le 4X4, Nowam me dit :

– Même en cuisinant, mes sens restent en éveil. Je t'ai entendu tout à l'heure avec Nana. Si je demande de l'aide à ton père, tout le monde connaîtra mon histoire. Sache que ça m'est égal.

CHAPITRE 18

Mon tout premier souvenir, ce fut cette odeur de pâturage, âcre, fraîche, sauvage, que dégageait ma mère !

Et puis ce fut l'arrachement, le black-out, et les premiers coups. Je me revois, allongé, nu à même la terre, le nez en sang, dans ce sous-sol humide où était autrefois entreposé le charbon. Je n'oublierai jamais le « cling » de la gamelle, et l'odeur de la pâtée immonde que l'on jetait à mes pieds ! L'hiver, j'avais droit à une botte de paille. Le plus minable des chiens eut été mieux traité !

C'est probablement pour cela qu'aujourd'hui, j'ai ce rapport à la nourriture qui vous fait tant rire !

Je ne me souviens pas avoir vécu ailleurs que dans ce trou. Des souvenirs confus me réveillent encore la nuit. Je discerne le visage de ma mère qui rit aux éclats en me jetant dans les airs. Et lorsque je retombe, elle a fait place à un puits sans fond !

Je ne pensais qu'à la fuite, mais pour aller où ? Je savais à peine parler, ne connaissais rien au monde, n'avais jamais franchi les limites de cette cave. Je ne savais pas même qui j'étais ! Ma peau avait totalement disparu sous une épaisse couche de crasse, et depuis longtemps je ne percevais plus l'infecte odeur des lieux imprégnés de mes excréments.

J'entendais souvent ceux d'en haut s'agiter. Certains ne devaient pas même connaître mon existence. Je ne me risquais pas à donner l'alerte. La plupart du temps, pour rien, les coups de cravache pleuvaient. Mon tortionnaire était toujours le même, ce devait être mon père. Il cachait son visage avec un ridicule masque… de loup !

La lumière qui filtrait par endroits à travers les lames du parquet m'attirait autant qu'elle m'effrayait.

À une reprise, ayant réussi à me hisser sur un seau à charbon, j'ai regardé par l'un des interstices, et ai identifié la voix d'une femme. Elle parlait d'un gâteau. Je perçus de petits cris de joie et compris qu'un autre enfant vivait dans cette maison.

Je croupissais là sans savoir pourquoi ni quelle avait été ma faute. Mais je me sentais pourtant coupable. Même la mort ne voulait pas de moi. Une force indéfinie me poussait à rester en vie.

Puis un jour, je découvris mon prénom. Une fois de plus, l'homme au-dessus hurlait :

– Tu veux plus de dignité pour ton bâtard, mais tu rêves ! Je le ferai souffrir jusqu'à ce que tu en crèves ! Et après ce sera son tour. »

– Il s'appelle Nowam, Nowam, Nowam ! suppliait la femme. Puis je perçus qu'il l'avait frappée, car un bruit de chute ébranla le plafond et fut suivi durant toute la nuit de longs sanglots.

L'obscurité m'était devenue familière. C'est alors que je fis connaissance d'une rate et de ses petits. Au début, craintive, elle s'habitua à ma présence et partagea ma pitance. Elle était devenue la seule compagnie vivante qui ne me voulait aucun mal ! J'ai vu grandir ses petits, qui, très vite, me prirent pour un toboggan ! Mais cette petite accalmie dans mon cauchemar ne dura pas.

L'ordure du dessus finit par surprendre le manège avec mes petits compagnons. Il me força à regarder pendant qu'il les écrasait un par un. J'étais tétanisé. Je me rappelle avoir longtemps pleuré. Ce taré n'en pouvait plus de m'entendre, et revint me cravacher en redoublant de sauvagerie. C'est ce jour-là, je crois que mon dos arrêta de cicatriser, comme si mon corps déclarait forfait !

Le jour où mon loup est apparu en moi, l'homme m'a frappé si fort, que j'ai cru, cette fois, qu'il voulait me tuer. J'ai perdu connaissance. Il voulait m'obliger à refouler mon double au plus profond de moi, en hurlant qu'un «sale bâtard» de mon espèce n'avait pas le droit de posséder un loup.

Puis, un matin, un jeune garçon descendit dans la cave. Il ne portait aucun masque et me regardait sans la moindre émotion. Il disait s'appeler Jeffrey, rajoutant que notre mère tenait à ce que je m'instruise. C'est comme ça que j'appris que j'avais un frère. L'ampoule qui restait allumée beaucoup plus souvent me faisait mal aux yeux.

Dès la première « leçon », je compris que les motifs de son intérêt soudain pour ma personne étaient bien différents de ceux de ma mère !

– Maintenant, on va pouvoir s'amuser tous les deux ! dit-il, avec la même voix haineuse qu'avait mon bourreau « de père ». Puis, il sortit un mince couteau effilé.

– Père m'a dit de ne pas abîmer ton visage, car tu pourrais servir à autre chose plus tard.

Il déclara que « son père » disait que je n'aurais jamais dû exister. Son visage neutre exprima une réelle jouissance lorsqu'il commença à me lacérer doucement.

Quand mes yeux se firent à la lumière de l'ampoule rarement allumée, j'ai commencé à mesurer le temps. À chaque leçon succédaient les mêmes sévices. Il aimait m'entendre crier, savourant de me regarder souffrir. Avec son père, c'était différent, il faisait ça pour passer ses nerfs !

Je parle de « son » père, car j'avais décidé que le mien n'existait plus.

Je retenais très vite tout ce que Jeffrey m'apprenait, et commençais à retrouver une forme d'espoir en moi. Je me disais qu'ils n'avaient probablement plus l'intention de me tuer, sinon à quoi bon m'éduquer. Partagé entre la haine et l'envie de parcourir ce monde que je découvrais dans les livres, je n'avais ni plans ni projets en tête… Jeffrey constatant que les entailles qu'il continuait à m'infliger, ne provoquaient plus les cris qu'il escomptait, il s'en prit alors à « Loup », ma peluche. Il lui déchira le ventre et répandit son rembourrage sur le sol. Ce jour-là, il jubila, d'avoir réactivé ainsi ma douleur.

Je n'avais plus qu'un désir en tête, mourir, pour être enfin libre.

Puis un soir, une femme que je n'identifiai pas sur le moment, descendit précipitamment l'escalier de bois. Derrière les larmes qui inondaient son visage était ma mère ! En dépit de son teint livide de peur, elle était d'une beauté rare. L'intensité de ses grands yeux noirs m'impressionna. Ses longs cheveux bruns et dorés ondulaient sur ses épaules. Elle me fit signe de garder le silence, de me hâter, me tendit des vêtements, puis un sac, dans lequel je jetais les restes de Loup. Elle m'attira vers le haut de l'escalier. Effrayé, je n'osais pas en franchir le seuil. Sans hésiter, ma mère me souleva de terre et courut en me portant vers la porte qui donnait sur l'arrière-cour de la propriété.

Elle m'embrassa sur le front, et me poussa à l'extérieur en disant :

– Je ne peux pas venir avec toi mon tout-petit, je dois les retenir. Il y a tout un monde qui t'attend. N'oublie pas de faire confiance à ton loup, il saura te guider dans les moments difficiles. Je t'aime plus que tout Nowam. Alors, maintenant va et cours droit devant, sans te retourner. »

Puis elle referma la porte derrière moi.

Devant le portail de l'austère propriété m'attendait un taxi tous feux éteints. Sans me demander quoi que ce soit, le chauffeur me déposa à la porte d'un petit hôtel à l'écart de la ville, en précisant que tout était réglé, et que le lendemain matin il repasserait me prendre. Sur le lit je trouvai trois enveloppes. La plus grande contenait des papiers d'identité, de l'argent, un billet de train et un billet d'avion. Je n'ai à ce jour pas encore ouvert les deux autres.

Je me suis lavé abondamment pour la première fois, et ce fut une douloureuse et terrible expérience. En se détachant, la crasse accumulée depuis tant d'années me laissait par endroits la peau à vif. Mon dos me faisait hurler de douleur. J'ai cru une fois de plus que j'allais en mourir. Pour la première fois, j'ai vu mon image dans un miroir et je me suis effondré. Bien qu'hirsutes, mes cheveux étaient ceux de ma mère.

Le visage creusé, la peau plaquée a même les os, je revenais de loin. J'avais remarqué la stupeur de la gérante de l'hôtel, lorsqu'elle me confia la clef de la chambre. Elle dut comprendre à l'instant que je venais de l'enfer. Puis je me suis allongé dans un vrai lit, mais je ne pus trouver le sommeil.

Le lendemain, un chauffeur différent m'a conduit à la gare, puis m'a accompagné jusque dans le train pour Paris. Un homme m'attendait au terminus, en brandissant une pancarte sur laquelle était inscrit mon prénom. Il m'emmena sans attendre à l'aéroport. Pendant le voyage je découvris la ville comme dans un rêve. Tout allait trop vite pour que je prenne conscience de quoi que ce soit. Le billet d'avion indiquait : New York Kennedy Airport. L'homme me montra le chemin sans rien dire jusqu'à l'embarquement, et s'assura de mon départ. À New York plus personne ne m'attendait. J'ai erré un moment et suis tombé sur l'affiche d'un magazine qui disait « Canada. Wolves's world is waiting you ! ». « Le monde des loups vous attend », je savais dès lors où je voulais aller.

Après avoir quitté New York non sans difficulté, un premier routier me déposa sur une aire de repos au milieu de nulle part. Je passai les villes en compagnie d'un autre, qui me prit tout l'argent que je possédais avant de me jeter sur la bande d'arrêt d'urgence. J'ai marché pendant des heures en faisant attention de ne pas me faire écraser. À force d'errer, je suis enfin parvenu à une aire de repos. Et là, deux types m'ont approché, un gros et un petit avec deux gueules de cons... La suite vous la connaissez, et je me dois d'être ici devant vous grâce à Jethro.

– Hey, bien ça, c'est ce qui s'appelle tuer l'ambiance ! dit Mike

Tout le monde se retourna vers ce zig comme un seul homme.

– Heu, désolé, c'est sorti, tout seul…

CHAPITRE 19

Nowam cuisinait tous les jours, et Frank estimait que l'élève allait bientôt dépasser le maître. Il expérimentait chaque fois un nouveau plat, ce dont je ne me plaignais pas le moins du monde. Parfois, je l'aidais, et c'était l'occasion de nous lancer dans des échanges interminables. Tous les sujets y passaient et Nowam était intarissable. Après le départ de Frank et Anna, il commença à se sentir inutile errant parfois dans la maison sans rien faire.

– Dis-moi, Nowam, que voudrais-tu faire dans la vie, à part la cuisine ?

– Oui, tu as raison, je veux que ça reste un plaisir, et la course de fond perpétuelle de Frank me fait peur. Mais j'ai besoin de me rendre utile. Peut-être en vendant des livres, mais, je n'ai aucune d'expérience…

– Demain, si tu veux, on pourrait faire le tour des librairies, qui sait, l'une d'entre elles pourrait te faire une proposition ?

– Super idée, mais, je n'y crois pas trop, dit Nowam en surveillant ses raviolis à la viande de rennes.

Le lendemain, après avoir essuyé deux refus cuisants, nous nous retrouvâmes devant l'homme qui tenait la librairie dans laquelle nous avions fait la razzia quelques semaines auparavant. Il se souvenait de nous, et toisa Nowam avec une mine goguenarde :

– Alors, comme ça, jeune homme, vous imaginez que sous le prétexte que vous avez lu une dizaine de livres dans votre vie, vous pouvez vous permettre de conseiller des lecteurs parfois aguerris !

Nowam se fissura.

– Et vous n'avez pas le moindre CV à me fournir ! Pensez-vous que je vais vous confier ma clientèle, uniquement parce que vous avez une bonne tête ?

– Vous avez raison monsieur, tout cela est bien prétentieux de ma part, je suis désolé de vous avoir fait perdre votre temps… dit Nowam en tournant les talons.

Au moment où j'allais intervenir pour tenter de sauver la face de mon ami, le vendeur rappela Nowam.

– Jeune homme, suivez-moi, s'il vous plaît.

Nowam me regarda en cherchant mon approbation, et nous suivîmes l'homme dans son arrière-boutique.

– Je me souviens des livres que vous avez achetés, d'ailleurs, je me souviens de chacun des livres acquis par chacun de mes clients depuis quinze ans que je tiens cette librairie. Je vous propose de me résumer l'un d'eux en me donnant l'envie irrésistible de le lire à mon tour. Vous avez deux minutes.

Nowam demeura inerte pendant quelques secondes et soudain son visage s'anima. En l'espace de quelques secondes il déroula un exposé à la fois lumineux et pétillant, sur les trois tomes d'héroïque fantaisie qu'il avait fini de dévorer quelques jours auparavant, et conclut son numéro en disant :

– L'auteur, un certain Tirane, un nom assurément à retenir, qui donnera l'envie aux jeunes lecteurs de mettre leurs consoles de jeux au clou, au profit de l'amour de la lecture !

Le commerçant à la fois nostalgique, peut-être se revoyait-il en Nowam, et amusé dit alors :

– Très bien jeune homme, veuillez vous présenter dans deux jours, à neuf heures pétantes. Vous commencerez par me ranger tout cet immense bordel autour de vous, c'est le meilleur moyen de faire connaissance avec les auteurs. Après on passera aux choses sérieuses. Soyez avant tout courtois et à l'écoute de la clientèle. Je ne tolérerai pas le moindre retard. Vous êtes à l'essai pendant un mois. Si vous faites fuir le moindre client, même le champion du monde des têtes à claques, c'est à l'instant même la porte !

Nous nous retrouvâmes sur le trottoir, et Nowam me sauta dans les bras en poussant des cris de louveteau joyeux. Un gamin qui passait en trottinette fit une embardée, et faillit embrasser de plein fouet un érable en nous regardant.

– C'est à toi que je dois ce départ vers une nouvelle vie, me dit-il

– C'est grâce à toi-même ; moi, je n'ai fait qu'être là au bon moment pour découvrir celui qui se cachait derrière son mutisme !

Mademoiselle K hurla de bonheur dans le pick-up pendant tout le chemin du retour.

Nous fûmes reçus par mon père, à qui Nowam avait demandé d'activer son impressionnant réseau de contacts, patiemment tissé auprès de la grande majorité des meutes à travers le monde.

Il avait commencé par appeler les Alpha qu'il connaissait en France. Aucun n'avait pour le moment répondu. Nowam souhaitait obtenir des nouvelles de sa mère avant d'envisager une quelconque stratégie.

– Il y a deux ou trois infos par-ci par-là, je vais les vérifier, mais rien de très concret, pour le moment. Nous répondit celui-ci.

Nowam informa mon père qu'il avait obtenu un essai pour un éventuel travail.

– C'est très bien petit, très bien ! Tu vas ainsi pouvoir t'ouvrir au monde…

– C'est à votre fils, Alpha, que je dois tout cela.

Mon père se tourna vers moi.

– Oui, d'ailleurs, à ce propos, peux-tu nous laisser seuls un instant, Nowam, il convient que je m'entretienne avec ton protecteur un instant.

Nowam sortit du bureau en remerciant mon père pour son soutien.

– Fils, j'irai droit au but, le moment est venu de t'apprendre à gérer tout ce que j'ai construit au fil des années, jusqu'à maintenant. Pour qu'un jour tu puisses me succéder.

– Je suis flatté ; je ne m'attendais pas à ce que tu penses à moi pour ce poste haut placé. Mais je préfère décliner, car ma vie me convient telle qu'elle est.

– Alors, maintenant que tu as trouvé ton lien, que comptes-tu faire ? Repartir sur les routes et le laisser seul alors qu'il tient à toi et a besoin de toi ?

– Non père, je ne le laisserai pas seul, il viendra avec moi.

– Alors, tu choisis de lui imposer l'incertitude, plutôt que la sécurité que notre meute lui offre. Es-tu vraiment certain que cela soit dans son intérêt ?

Je détestai y penser, mais pour une fois mon père avait probablement raison. Peut-être qu'une partie de moi avait peur de s'investir, au risque de tout voir s'effondrer.

– J'ai besoin d'y réfléchir papa, mais admets que tu m'as habitué à tant de faux espoirs ! Et puis tu dois accepter que je puisse également t'exposer mes conditions. Comme le fait de ne pas être obligé de te succéder, si au bout du compte je préfère retrouver ma liberté si durement acquise.

– J'entends cette réserve Jethro, mais accepte en échange de permettre à Nowam de poser ses valises, et de goûter enfin à la quiétude que nous pouvons avec toi lui donner ! En te disant cela, je revois l'image de son dos meurtri.

Mon père m'invita alors à partager une chaleureuse accolade, qui me déstabilisa autant qu'elle réchauffa mon cœur d'homme loup.

CHAPITRE 20

Chaque matin, sauf le dimanche, j'accompagnai Nowam à la librairie, avant de retrouver mon père. Le patron avait l'air ravi de sa nouvelle recrue, et certains clients avaient déjà leurs habitudes avec Nowam, qui d'emblée adora son nouveau quotidien. Il sympathisa sans arrière-pensées avec un collègue, un jeune lycan répondant au prénom d'Alexis qui, à mon goût, tomba un peu trop sous le charme de mon loup blanc. Je restais vigilant. Nowam était naïf, et je trouvais son collègue bien prétentieux !

Mon père m'initia peu à peu aux joies de la gestion, de la comptabilité et de l'actionnariat.

L'Alpha estimait que j'apprenais vite, et si les sujets abordés ne me passionnaient pas, ils n'en étaient pas moins prenants.

En parallèle, je constituai un dossier sur le charmant William Tyranne. J'assistai à une reprise à un « Conseil des meutes » (conseil réunissant tous les Alphas des meutes environnantes). Et j'en appris beaucoup sur le CV de cet Alpha voyou et sanguinaire qui logeait en France, mais dont la réputation dépassait les frontières. William Tyranne s'était constitué un impressionnant casier judiciaire. Production et écoulement de drogues de tous types, trafics d'armes, meurtres supposés, kidnapping, chantages, blanchiment d'argent. Un vrai catalogue ! Il se disait qu'il avait échappé à plusieurs tentatives d'assassinats, commandées autant par le conseil des meutes que par ses proches. Pour assouvir son sadisme légendaire, il usait d'anciennes lois lycantes, depuis longtemps révolues : mariages forcés, torture, chasse à l'homme. Difficile d'imaginer pire en ce bas monde, du côté des hommes comme du côté des bêtes. Il représentait une vraie menace qui risquait de nous faire dévoiler, si ce n'était pas déjà fait.

Sans prévenir l'été pointa le bout de son nez, et deux jours après le vingt-trois, ce fut les préparatifs pour l'anniversaire de Nowam. J'avais tout préparé au manoir, et ma mère s'était chargée de concocter une génoise à la fraise et un moelleux au chocolat.

Mike arriva, en proie à une magnifique crise existentielle, persuadé dès son réveil, qu'il n'était plus à même d'assumer son rôle de père. Mon père le raisonna en lui répétant que tout se mettrait en place le moment venu et que son instinct de loup ferait la différence.

Le reste des heures défila sans que je m'en rende compte.

Au moment où j'arrivai devant la librairie, je vis le fameux Alexis tendre un paquet à Nowam qui m'attendait appuyé contre le mur. À part quelques passants la rue était quasi déserte. Le gugusse me fit un sourire crispé, et radieux, Nowam s'exclama :

– C'était génial Jethro ! Ce midi tout le monde m'a fêté mon anniversaire, et chacun m'a offert un cadeau. Sauf Alexis qui a préféré attendre ce soir.

Ce lycan au joli minois comploteur ne me plaisait pas avec ses cheveux bruns roux et qui, depuis que Nowam avait fait son entrée dans le cercle des travailleurs de la librairie, ne le lâchait plus. Cela avait tendance à me faire dresser les poils ; quasiment chaque soir je le voyais se frotter à mon lien. Comment osait-il ? Certes je n'avais pas encore marqué Nowam, mais il m'appartenait… non ?

Je ne souhaitais pas écouter le bla-bla d'Alexis qui tentait de m'amadouer en se figurant que je n'avais pas remarqué son petit manège. Pour qui se prenait-il en offrant son cadeau en dehors du groupe ? Je fis en sorte d'accélérer le mouvement en renvoyant l'intrus à sa bière solitaire !

– Je te trouve dur avec Alex, me dit Nowam au moment où son collègue tournait les talons.

– Et moi je te trouve bien naïf ! Je ne souhaite pas que ce trou du cul s'imagine des choses. Alors, autant couper tout net ses faux espoirs !

– Tu dois peut-être avoir raison.

– Allez, on ne va pas gâcher la soirée plus longtemps, direction l'achat de ton cadeau ! Laisse-toi aller à tes penchants les plus matérialistes, une fois n'est pas coutume !

Nous rentrâmes au manoir avec deux petites boîtes sautillant sur la banquette arrière. L'une contenait un lecteur MP3 censé vous faire dresser les cheveux sur la tête d'émotion, le second, un smartphone rouge vif dernier cri. Question bouquins, Nowam avait sa dose !

Je me garai devant le manoir, et inventai une excuse afin de retenir un moment Nowam.

Lorsque nous rentrâmes dans le salon désert, des cris retentirent instantanément, et Nowam se retrouva au centre de sa meute d'adoption.

– Happy birthday to you Nowam, happy birthday to…

Nos regards convergèrent vers Alicia, debout en retrait, qui tenait son ventre l'air hagard… Une flaque venait de naître sur le tapis.

En une fraction de seconde chacun trouva son rôle sans la

moindre concertation, comme dans une chorégraphie instinctive.

Mon père démarra son 4X4 porte ouverte. Portée délicatement par Mike, Alicia se retrouva allongée sur la banquette arrière, et le reste de la troupe s'engouffra dans mon pick-up.

Dans le manoir désert, tout était resté en suspens, et chacun attendait dès lors l'heureux événement dans la salle d'attente de l'hôpital, avant de reprendre la fête là où elle avait été interrompue.

Mais la nature impose toujours le rythme, et une infirmière fatiguée arriva en disant que tout allait bien, mais que nous pouvions rentrer chez nous, car l'attente risquait d'être encore longue. L'hôpital où nous nous rendions lors des naissances et autre avait en son sein des médecins lycan. Cela permettait d'éviter les questions si un simple humain nous soignait ce qui arrivait peu souvent.

Mike et mon père restèrent à attendre l'heureux événement ; quant à moi, Nowam et ma mère, nous retournâmes au manoir.

Après avoir déposé Emma, nous rejoignîmes notre chez nous. Au moment d'aller se coucher, Nowam me regarda d'un air songeur, et descendit subitement.

Il revint quelques instants plus tard avec dans ses mains, deux lettres froissées.

– Ce sont les…

– Oui, les lettres que je n'ai jamais ouvertes. Je ne sais pas pourquoi, mais je crois que j'ai envie de savoir maintenant.

Il déchira alors l'enveloppe de la première :

« À mon tout-petit.

Pourras-tu me pardonner un jour ? Si tu lis ces mots, c'est que j'ai enfin réussi à te faire échapper de cet enfer. Sache que je ne vis pas avec cet homme de mon plein gré, qu'il n'est pas ton vrai père. Lui et moi, ce fut une union forcée. J'ai tant de choses à te dire, ton frère était tellement in-

nocent tout petit, mais William l'a défiguré. Il l'a modelé à son image, et je n'ai pu l'éviter. Toi, tu es différent, tu es né du loup dont je suis tombée amoureuse pendant un regroupement de meutes. Ce magnifique loup blanc qu'est ton père, j'ai tant rêvé que tu puisses un jour le rencontrer. Je me souviendrai toujours du jour où j'ai su que c'était mon lien. Il se nomme Christophe Tremblay, c'est un loup appartenant à une meute vivant dans les Alpes du Sud françaises. Je n'en sais pas plus à son sujet. Mais c'est en partie grâce à lui que tu peux aujourd'hui savourer ta liberté. Si tu as hérité de ses yeux, d'un bleu vert magnifique, je suis certaine que ton être le plus profond lui ressemble également. Comprends-moi, qu'en ne te suivant pas, je te protège en partie. Vis ta vie comme tu l'entends, en accord avec tes valeurs, et ne te laisse pas abattre. Aie confiance en ton loup, il saura te guider. Nous reverrons-nous un jour, je ne le pense pas. Ne pleure pas en lisant cette lettre, tu dois rester fort à partir de maintenant. Je te confie une seconde lettre qui sera pour la personne à qui tu auras donné toute ta confiance. Je serai toujours près de toi dans ton cœur.

Soit le plus heureux parmi les hommes et parmi les loups. Je t'aime si fort ! Maman. »

Nowam se retint comme il se doit de pleurer et me tendit la seconde lettre.

« À vous qui avez recueilli l'être à qui je tiens le plus au monde. Si vous prenez connaissance de cette lettre, c'est que mon cher Nowam a pleinement confiance en vous. Peut-être même êtes-vous devenu son lien. Je vous demande de lui faire découvrir et de lui transmettre ce que ce monde a de meilleur. Il a vu et vécu assez de noirceur pour remplir dix vies. Je ne doute pas qu'il soit désormais entre de bonnes mains. Si vous appartenez à une meute, apportez-lui l'amour, la chaleur, la sécurité et la loyauté dont il a gran-

dement besoin. Et tout ce que je n'ai pas pu lui apporter. À vous qui avez sauvé mon cher fils, merci de tout mon cœur».

Sans un mot, je fis infuser du thé au jasmin.

Quelques minutes après, je rompis le silence.

– Tu sais ce que ces lettres entre autres nous apprennent ? Maintenant, on sait qui et où est ton père. On va pouvoir progresser.

Les yeux perdus à travers la fenêtre, Nowam répondit :

– Oui, on va pouvoir progresser.

...

Le lendemain nous retrouvâmes ma sœur et Mike à l'hôpital. Le nouveau-né dans le petit vaisseau spatial translucide répondait au prénom de Flynn. Il ne pesait pas plus de trois kilos et sa petite bouille, le peu de cheveux sur son crâne le rendaient craquant. Il était venu au monde très tôt ce matin-là du 24 juin. Je ne pensais pas qu'un accouchement prenait autant de temps.

Ma sœur le prit dans ses bras et me le tendit.

– Je ne sais pas si je peux...

– Sois simple Jethro, tu es son oncle, et puis c'est maintenant ou jamais, bientôt il sera aussi grand que nous tous.

J'avoue que je fus ému comme je n'aurais jamais cru l'imaginer.

Ma mère était tout sourire de découvrir son petit-fils et me poussa à l'action, mais mon père intervint.

– Non, attends, Jethro n'a pas l'habitude ; passe le moi d'abord, c'est plus prudent. Indiqua mon père à Alicia.

Nowam me regarda avec un drôle d'air, ma mère fit de même, mais envers mon père, qui commençait sérieusement à me taper sur le système avec ses tendances bipolaires. Il serait grand temps de penser à de futures vacances.

CHAPITRE 21

– Nana, allez, renvoie le ballon !

Les cris de joie de Nowam percutaient les parois, pour s'évanouir au ras de l'eau. Nous étions au beau milieu des vacances d'été. Le libraire avait accordé à sa nouvelle recrue une dizaine de jours de vacances, c'est à croire qu'il était satisfait. Au manoir, tout le monde en profita pour boucler ses bagages, direction le Minnesota pour y retrouver Anna et Franck, qui, comme de bien entendu, expérimentèrent sur nos papilles un tout nouveau hamburger, si épicé qu'il l'avait surnommé « La bombe. »

Alicia et Mike vinrent nous rejoindre, accompagnés du plus beau louveteau de la création, le petit Flynn. Au premier regard échangé avec le chérubin, Alicia s'était transformée en une redoutable mère poule. Mike avait remisé illico toutes ses questions existentielles, et avait pris très à cœur son métier de papa. Il fallait le voir piloter la poussette entre les arbres, comme s'il s'agissait d'une cargaison de nitroglycérine, et opter subitement pour la conduite Rallye, sous les hurlements de réprobation hilare de ma sœur.

Mike donnait le biberon de jour comme de nuit, accompagnant chaque aspiration gloutonne de mouvements de lèvres qui nous faisaient tous pouffer de rire. Deux amis aussi atypiques que chaleureux, Sam et sa femme Estelle, que nous n'avions pas vus depuis longtemps et qui vivaient en veillant sur la réserve de Nana et Frank, étaient également de la fête.

Mon père m'informa qu'en dépit des dernières nouvelles, ses recherches n'avaient toujours rien donné de probant. Je ne demandais qu'à le croire, mais avais la vague impression qu'il ne mettait pas tous les atouts de notre côté. Ou alors peut-être ne disait-il pas tout.

Nowam apprit sans grandes difficultés à nager, suivant les conseils de Mike et de mon père qui semblait de plus en plus s'attacher à lui.

Estelle se lia d'amitié avec ma sœur ; Sam me parla avec admiration de son fils, un loup gris comme lui. Ces loups n'ont pas la même perception des sentiments que nous. Je ne sais pas comment l'expliquer. Lorsqu'ils pensent avoir trouvé leurs liens par exemple, leurs émotions jaillissent sans filtres ni retenues. Ce qui dans un premier temps laisse pantois leurs interlocuteurs.

– Sam, tu sais, si un jour Estelle et toi vous vous sentez seuls, vous pourriez rejoindre la meute. Je suis certain que mon père vous accueillerait les bras ouverts.

– C'est gentil à toi, mais vois-tu, actuellement, on est bien dans notre petit monde, et mon boulot en tant que gardien me plaît. Quand Anna et Franck m'ont offert ce travail, ça a été comme une renaissance. Mais qui sait, d'ici quelque temps les enfants rechercheront probablement la sécurité d'une meute !

Il est des personnes, dont on trouve d'emblée la présence apaisante. Sam en faisait partie.

Nowam me tira de ma torpeur, et m'invita à le rejoindre dans l'eau glaciale du torrent qui se jetait dans le lac en contrebas. Étant frileux en tant qu'homme, c'est en loup que je plongeai, en prenant bien soin d'éclabousser abondamment tout le monde.

Comme lors de tous les moments savoureux de l'existence, les belles journées s'enchaînèrent à une vitesse supersonique.

Le déclin du soleil annonça notre retrait vers l'hôtel.

Au cours du repas, mon père nous informa qu'il venait de recevoir des nouvelles d'un Alpha français. Il n'avait pas encore eu le temps de les analyser. Une fois de plus, je lui avais trop vite jeté la pierre. Nous devions attendre le lendemain avant d'en savoir plus.

Vers minuit, je fus réveillé par la voix de ma mère provenant de la chambre voisine.

– Qu'est-ce que… Ce n'est pas possible que tu dises des choses pareilles !

– Alors, tu ne lui en parleras pas ! répondit mon père.

Et le silence s'imposa de nouveau.

Nowam se retourna et prononça dans son rêve une phrase que je ne compris pas, où il était question d'une étoile filante.

Je mis de longues heures avant de retrouver le sommeil

Le lendemain, nous avions prévu de faire route vers Minneapolis. Les espaces naturels nord-américains n'avaient pas, selon moi, la majesté de leurs voisins canadiens ! Mais il est vrai que les Canadiens étaient particulièrement chauvins.

Nous fîmes une halte près d'un magnifique lac naturel, de faibles profondeurs, idéal pour y étaler notre pique-nique. Mike allongea Flynn sur une couverture épaisse, traversée d'un rayon de soleil. Ce nouveau-né me faisait peu à peu évoluer dans ma perception des bébés, qui jusqu'alors n'étaient à mes yeux que des êtres braillards et tyranniques. Ma sœur nourrissait cette merveille au sein, jamais elle n'avait été autant louve.

Nowam qui ne perdait plus une occasion de perfectionner son crawl était déjà arrivé au beau milieu de l'étendue d'eau.

Si dans un premier temps je n'y prêtai pas véritablement attention, une odeur étrangère vint s'imposer à mes narines.

– Mike, tu sens ?

– Non, il y a un problème ?

– Laisse tomber, je dois me faire des idées.

– Jethro, si tu commences à avoir des hallucinations olfactives à ton âge, ça craint pour la suite !

J'avais à peine achevé ma phrase, que deux hommes, habillés de noir, le visage cagoulé, surgirent de derrière les arbres et s'enfoncèrent dans l'eau jusqu'à la taille, fonçant sur Nowam qui batifolait comme si de rien n'était.

Je hurlai son prénom, mais déjà l'un de ces types de malheur était derrière lui et lui enserrait le cou. Le corps de Nowam lâcha prise instantanément, lorsque le second lui planta dans la peau, un objet fin et brillant qui devait être une seringue. Alicia s'enroula autour de son bébé. Après avoir déclenché leurs métamorphoses, Mike et mon père me rejoignirent dans ma course. Livide, les bras ballants, ma mère demeurait pétrifiée.

Les deux agresseurs avaient déjà franchi la berge opposée. Le plus costaud maintenait Nowam cassé en deux sur l'une de ses épaules, comme un vulgaire tapis.

Au moment où nous parvenions à notre tour de l'autre côté du lac, le duo infernal se sépara. Celui qui tenait Nowam accéléra comme un malade vers la gauche en direction de la forêt, le second prit vers la droite.

La vitesse et l'agilité avec laquelle ces deux types progressaient ne laissaient pas de place au doute, ils faisaient partie de notre espèce !

Sans hésiter, j'optai pour la gauche, et Mike pour la droite. Mon père fila devant lui pour les prendre à revers. J'hésitai à me transformer, de peur de perdre trop de temps pendant la mutation. Le loup en moi commençait pourtant à faire des siennes, griffes et crocs entamant leurs percées sanglantes. Je commençai à penser au sort qui attendait Nowam, et mes jambes me firent défaut un quart de seconde. J'aperçus un instant encore son corps sursautant au loin.

Il n'en fallut pas plus pour que le type de droite réapparaisse comme par enchantement, me plaquant au sol à la manière d'un All Blacks.

Je sentis simultanément une brûlure acide me lacérer le dos.

Une odeur de sang occupa l'air. Le visage étrangement déformé de mon père se pencha au-dessus de moi. Dans un effort surhumain, je le suppliai de me laisser, et de se lancer sur les traces de Nowam. Mais déjà je sentis le sommeil m'envahir. Et puis cette lumière douce et chaude, fut suivie d'une irrépressible envie de dormir.

CHAPITRE 22

À la lumière jaune, succéda une intense lumière blanche.

– Je suis où, bon sang ?

Ce sont les sensations d'un mort ou celles d'un vivant ?

Si tant est qu'un mort puisse avoir des sensations. Et qu'est-ce qui me prend de parler tout haut, alors que je suis seul ?

Je me souvins alors du lac, de Nowam sur l'épaule du type en noir, du goût du sang au fond de ma gorge, du regard étrange de mon père. Je quittai la position horizontale et mes pieds s'enfoncèrent en crissant dans le sol. Qu'est-ce que… du sable ?

Non… de la neige… sous mes pieds de la… neige !

Je fis quelques pas dans ce qui ressemblait à un décor de montagne. Une plage se dessinait en contrebas, avec, à l'horizon, la pleine lune, énorme et orangée. Tout était visuellement étrange, comme dessiné sur le vide. À mi-chemin du sommet enneigé, d'où s'écoulait de la neige, telle une cascade, j'aperçus ce qui devait être une sorte de refuge. Un cordon de fumée s'échappait de la cheminée. Après une marche éprouvante, je constatai que la porte de la bâtisse était ouverte.

– Il y a quelqu'un ?

Personne dans cette unique pièce, juste deux fauteuils en velours brun encadrant une petite table basse disposée près d'un feu crépitant.

Voilà, un endroit où attendre me dis-je, mais attendre quoi ? Ou qui, car qui dit feu, dit forcément âme qui vive.

Par les minuscules fenêtres de l'abri, je distingue d'un côté la mer, de l'autre le relief enneigé d'où émergent quelques têtes de sapins. Tout au loin, un loup, dont le pelage noir me rappelle étrangement le mien.

Quelque chose m'intrigue depuis quelques minutes. C'est alors que je pris conscience que les bûches ne paraissent pas se consumer, alors que la chaleur des lieux monte en intensité.

Ça suffit, la plaisanterie a assez duré, je veux me barrer d'ici et retrouver Nowam, pensai-je à haute voix. J'avais beau m'énerver sur le loquet, la porte résistait, ma panique monta en flèche.

Lorsque je vis que la pièce s'emplissait lentement d'une épaisse fumée brune, je tentai d'appeler mon loup, mais rien ne se produisit.

– Il y a quelqu'un, bon sang, répondez, arrêtez de jouer !

J'entendis un léger toussotement non loin de moi.

– Qui êtes-vous ?

– J'ai senti que tu avais des ennuis alors, me voilà.

– Vous êtes… la mort ?

– Voyons non, ne me donne pas plus d'importance que j'en aie. Allez maintenant, si tu venais t'asseoir près de moi.

– Où êtes-vous dans cette purée de pois, je ne vois rien ?

Sous mes yeux stupéfaits, un passage s'ouvrit se dessinant dans la fumée, m'indiquant l'un des fauteuils. Comme j'étais tout juste installé, la voix continua :

– Alors, sais-tu où tu es ?

– Pas le moins du monde, mais qui êtes-vous ?

– N'as-tu pas une petite idée ?

– Je ne suis pas devin, et j'en ai marre de jouer.

– Hey ! Du calme, je vais t'expliquer. Tu es actuellement dans les limbes, plus précisément les tiennes. Si tu étais mort, tu ne serais pas ici. Ce qui signifie que ton corps est actuellement en sommeil. J'espère te rassurer !

– Non, pas vraiment, vous venez m'annoncer que je suis presque mort, comme dans le coma si j'ai bien compris, et ça n'a absolument rien de rassurant !

– Vois le côté positif, tu vas finir par te réveiller, et alors tu pourras aller le sauver.

– Le sauver ! Mais, qui vous a dit que…

– Il a besoin de toi, alors il va falloir que tu te réveilles.

– Alors, vous êtes son… ange gardien ?

– En quelque sorte, mais nous n'avons pas vraiment le temps de nous pencher sur la question. On en reparlera peut-être un jour. Pour le moment, tu dois aller retrouver ton lien… retrouver Nowam.

– Mais comment dois-je faire, la situation du moment n'est pas vraiment idéale !

Je n'eus pas le temps d'en demander plus, que la brume commença à s'estomper et que la voix devint de plus en plus imperceptible.

– Parfois il suffit de… mourir… tout simplement.

– Mais, je ne compte pas mourir, vous êtes fou !

La pièce avait retrouvé toute sa visibilité, et ma voix résonna dans le vide.

Au moment où je sortis, le feu dans la cheminée devenait fou, et en quelques minutes la fragile bâtisse de bois tomba en cendres.

« Mes limbes à moi », disait la voix. Peut-être cela signifiait-il que je me retrouvais acteur de mon rêve ? Il suffisait peut-être que je trouve le moyen de me réveiller.

Une chose est sûre, il fallait que je tente ma chance, car si l'histoire se terminait mal pour moi, elle se terminait tout aussi dramatiquement pour Nowam.

Je laissai le tas de cendres, et retournai à mon point de départ, d'où je contemplai la lune un instant. Le temps ne s'était pas écoulé.

– Si tu m'entends, Nowam, sache que je t'aime. Voilà, le mot était dit, si les choses tournaient mal.

Bizarrement, je n'avais plus peur.

La neige devint eau qui petit à petit recouvrit mes pieds et ne tarda pas à me submerger au fur et à mesure que j'avançais dans cette étendue glacée. Empêtré dans mes vêtements, je m'éloignais alors du rivage en nageant énergiquement.

Au moment où je ne distinguais plus la petite plage, je décidai de ne plus résister. La lune m'éclaira une dernière fois tandis que ma silhouette était aspirée vers les abîmes.

CHAPITRE 23

– Infirmière, s'il vous plaît, je crois qu'il se réveille !

Cette fois, le blanc… en nettement moins intense.

Une main se pose sur mon torse au moment où je tente de me relever.

– Non, attends Jethro, ne bouge pas, le médecin et l'infirmière vont arriver et t'expliquer.

Je trouve la voix de Mike nettement plus réconfortante que celle de l'ange, si gardien soit-il !

– M'expliquer quoi, Mike ?

La porte de la chambre s'ouvrit brutalement, et un homme aux cheveux grisonnants apparut en brandissant ce qui devait être des radiographies. Il était suivi par une infirmière insignifiante, puis par mon père et ma mère aussi blancs que la blouse du toubib.

– Bienvenue dans le monde des vivants Monsieur Shift, dit-il aussitôt en regardant vers les appareils de contrôle qui m'entouraient.

– Je ne vais pas y aller par quatre chemins. Vous venez de vous réveiller d'un coma de quatre jours. Vous avez perdu une quantité de sang conséquente, et ce n'est pas tout. La créature qui vous a attaqué vous a causé de sérieuses lésions dorsales. Monsieur, je crains que vous ne puissiez remarcher un jour.

Les derniers mots m'atteignirent comme une balle de gros calibre tirée à bout portant. Pour un lycan, perdre ses jambes, c'est comme être amputé de la majeure partie de son loup. S'il garde l'essentiel de ses sens, le processus de transformation s'avère dès lors impossible.

Je voulus hurler, incendier ce type incompétent, mais pas le moindre son ne sortit de ma bouche.

Je tentai d'animer mes jambes qui demeurèrent inertes. Pourtant je percevais le bout de mes pieds qui me démangeaient, comme s'ils étaient en proie à une invasion de fourmis rouges.

Le charlatan devant moi m'expliqua que je pouvais vivre en effet des « sensations fantômes ! »

– Allez au diable avec vos fantômes, ce n'est pas pour moi votre diagnostic à la con ! C'est impossible, retourner à vos études !

Le toubib et sa suiveuse sortirent de la chambre et mes parents s'approchèrent en tentant de me réconforter.

– Bien dit Jethro, et on ne va pas te lâcher. Dans quelques mois, tu nous ridiculiseras à la chasse, lâcha Mike !

Mes parents restèrent sans rien dire, comme gênés par la situation.

De lourdes larmes se mirent à couler abondamment sur mon visage.

J'avais perdu mes jambes et Nowam.

Avec ou sans mes jambes, il avait besoin de moi !

Maintenant, je compris en partie la signification de ce dont j'avais rêvé. Et je connaissais maintenant peut-être son identité.

…

J'avais quitté l'hôpital depuis trois semaines. Sur l'insistance de mes parents, je dus m'installer au manoir. Mon père y avait fait installer de quoi soi-disant me « faciliter » la vie. La salle de bain était maintenant équipée comme pour l'accueil d'un petit vieux, et l'escalier était équipé d'un monte-charge ! En un mot : l'enfer.

Le pire, dans tout cela, était que mon père avait cru bon d'engager de ravissantes (mais idiotes) « auxiliaires de vie ». Recrutées spécialement parmi les lycans. Mais qu'avaient-elles toutes à vouloir me faire la toilette ?

Si mon père espérait ainsi me faire oublier, ne serait-ce qu'une seconde, la personne que j'aime, il se fourrait le doigt dans l'œil !

Je ne facilitais pas la tâche au paternel, en trois semaines j'avais déjà usé quatre auxiliaires ! La cinquième n'allait pas tarder.

Question motricité, tous mes essais se soldèrent par de lamentables échecs. Ne serait-ce qu'hier, j'avais dû ramper comme un damné pour retourner dans mon lit !

Tous les matins en me levant, ou plutôt en ouvrant les yeux, je regardais ce fichu fauteuil, avec le désir ardent de le jeter par la fenêtre.

Régulièrement, je rêvais de Nowam. Il se noyait dans une eau rouge sang en m'appelant au secours. Lorsque je me réveillais, le cauchemar était pire encore. Depuis mon arrivée, mon père était aux petits soins. Ma mère m'avait signifié qu'il se sentait en partie coupable. Coupable de quoi ?

La cinquième assistante, furibarde, venait de sortir de ma chambre en claquant la porte. Il est vrai que j'avais été particulièrement odieux.

Tous les efforts faits autour de moi pour alléger mes souffrances ne faisaient qu'attiser d'autant plus l'absence de Nowam.

Je branchai mon MP3, et montai le son :

« Je voudrais arrêter là, me faire une raison, me dire enfin voilà, c'est fini. Ce pont entre nous deux, c'était beau et joyeux, j'avais tant de désir, mais pour deux. Bien sûr, j'ai peur du vide, d'être seule, dans les moments rudes, sans personne qui m'aime. Je t'aime encore parfois, mais j'ai plus l'cœur à ça ! » (Mademoiselle K).

Quelques minutes plus tard, mon père entra en trombe dans ma chambre.

– Ce n'est pas possible Jethro ! te rends-tu compte, à quel point c'est difficile de trouver des assistantes compétentes chez les nôtres. Qui plus est dans la meute. Il va falloir que tu te calmes !

– C'est vrai que toi aussi tu fais preuve d'un grand calme pour retrouver Nowam. C'est bizarre, mais j'ai la sensation que ça ne te perturbe pas plus que ça qu'il se soit fait enlever !

– Ne dit pas d'idioties, fils, tu sais très bien que cette situation m'attriste autant que toi. Personne, à part ta mère, ne peut te raisonner !

– Père, depuis que je me traîne dans cette chambre de malheur, tu fais preuve d'un réel talent pour fuir encore et toujours mes questions !

L'Alpha partit sans dire un mot.

– Deux minutes après, ma mère débarquait à la rescousse.

– Jethro…

– Maman, je t'arrête tout de suite, je sais que tu viens en opération commandée ! Je t'en prie, aide-moi ! Nowam a besoin de moi. Papa supervise le moindre de mes faits et gestes, alors j'ai besoin de toi.

– Mais, on ignore totalement où il se trouve. Et puis, tu oublies que tu es considérablement affaibli.

– Ne parle pas comme papa ! Si je suis affaibli, c'est justement parce que Nowam n'est plus à mes côtés. Je suis certain qu'il est de nouveau entre les griffes de son beau-père, probablement dans le sud de la France, là où cette ordure a tissé son réseau autour de Marseille.

– Voyons, sois lucide ! Dans l'hypothèse où il se trouve là où tu dis, tu penses pouvoir affronter ce type et ses sbires uniquement à la force de ton amour pour Nowam ? Tu es sérieux ?

– Je compte tout d'abord retrouver le vrai père de Nowam. Il vit dans les Alpes du Sud, cette piste est vague, mais elle a le mérite d'exister. Et si je le trouve, il me mènera à Tyranne.

– Mais ta recherche est démesurée. Tu ne vas pas quadriller une partie de la France avec tes seuls moyens !

– Je n'ai pas le choix, et tu sais comme moi que ce n'est pas avec papa que la situation va évoluer. Il ne fait rien, ou si peu. J'irai d'abord réfléchir chez Anna et Frank et trouverai le moyen de retrouver Nowam !

Ma mère regarda un moment au loin à travers la fenêtre de ma chambre, puis replongea ses yeux dans les miens.

– D'accord, je vais t'aider tête de mule ! De toute façon je n'ai pas le choix. Mais dans ton état, tu n'iras pas seul.

– Merci, maman, je savais que je pouvais compter sur toi ! À qui songes-tu pour m'accompagner ?

– Mike ou bien Frank seront faciles à convaincre. Et puis un voyage en France, ça n'arrive pas tous les jours.

Je passai le reste de la matinée rivé à ma manette de jeux, la seule occupation qui procurait un semblant d'accalmie à mes angoisses permanentes. Ça valait toujours mieux que les anxiolytiques.

Une odeur familière me parvint au cerveau. Au moins ce sens-là avait-il été préservé.

– Mike, tu peux rentrer, je sais que c'est toi !

– Toujours ton fameux flair ! La dernière fois ça s'est mal terminé !

– Mike, c'est décidé, je vais partir le retrouver.

– Oui je sais, ta mère vient de m'en parler. Je passais justement pour te proposer mes services. Les grands esprits se rencontrent comme on dit ! Et depuis le temps que je rêve de découvrir du pays. Même si ça ne risque pas de ressembler à une excursion touristique ! Et ras le bol de n'entendre parler d'aventures de loups-garous que dans les bouquins. Il faut que ça change !

Il venait de me faire sourire, honneur à lui !

Ma mère toqua à la porte.

– Excusez-moi de troubler votre réunion les garçons, mais il y a un ami de Nowam qui voudrait te parler mon Jeco.

– Un ami de Nowam !

Il se trouvait que j'avais une petite idée de qui cela pouvait être.

– Maman… fais-le entrer.

Et comme je m'en doutais, tremblant d'émotion, Alexis pointa le bout de son nez !

En bafouillant, tout en regardant ses pieds, il raconta qu'il avait appris tardivement l'enlèvement de Nowam, pensant au début à un canular. Puis la nouvelle avait fait le tour de la ville au même titre que les conséquences de mon accident. Il venait me proposer son aide, que je déclinai illico. La tête rouge comme un poivron, Alexis avoua qu'il avait eu le béguin pour Nowam, avant d'avoir pris conscience de l'intensité de notre relation, à laquelle il n'avait dès lors aucunement l'envie de nuire.

Finalement, je crois bien que j'aimais bien sa franchise. Et puis mon état m'interdisait pour le moment de lui péter la gueule !

…

Quatre jours plus tard, levés aux aurores, nous priment la route pour l'aéroport. Les yeux gonflés de larmes, ma mère nous souhaita bonne chance comme si nous partions pour le front. Mon père avait totalement désapprouvé cette expédition, estimant qu'elle était autant insensée que dangereuse, vouée à l'échec avant même de débuter. Il n'avait probablement pas tout à fait tort, mais au moins, je tentais quelque chose.

Ma sœur me fit promettre de ramener Mike en un seul morceau, sous peine de me retirer cette fois l'usage de mes deux bras.

Finalement, Anna et Frank étaient du voyage, argumentant du fait qu'ils se sentaient coupables de nous avoir recommandé le lieu du pique-nique fatidique.

– Et puis, il faut bien qu'on se relaye pour pousser ton fauteuil, même si Mike a depuis longtemps le permis poussette ! avait dit Franck qui, du coup, réussit à son tour l'exploit d'extirper un rire à ma mère.

C'est la première fois que mes trois coéquipiers quittaient le continent nord-américain, et la France ne représentait à leurs yeux qu'un minuscule et vieux territoire, peuplé de vagues cousins lointains affublés d'images d'Épinal : des nains râleurs et dragueurs, se goinfrant de fromage et de vin et dansant au son d'accordéon !

Le voyage en avion fut long, et je pus goûter avec plaisir aux regards gênés que je suscitais autour de moi en tant que handicapé, même si jusqu'alors le mot n'avait jamais été prononcé dans mon entourage !

Je me laissai aller en plongeant dans le sommeil.

Cette fois le décor est légèrement différent. La montagne est exempte du moindre névé. Et puis il y a cette cavité si particulière en son centre, et cet océan éclairé d'une lumière lunaire, mais sans lune. Désormais, j'avance sur une étendue d'herbe printanière parsemée d'une multitude de petites fleurs colorées. Cette silhouette au loin, je sais que c'est lui. Je lui crie que j'arrive, il me répond qu'il le sait et qu'il m'attend. Alors je cours sur cette étendue verte et douce éclairée par un soleil brûlant. Mais plus je progresse, plus la silhouette se fait diffuse, et elle finit par totalement disparaître. En sursaut, je me réveille.

Une hôtesse impeccable au sourire figé s'approche, me proposant un choix de plateaux-repas.

Dans deux heures environ nous arriverons à l'aéroport de Paris-Charles-de-Gaule, me dit-elle...

CHAPITRE 24

Mike me donna un petit coup de coude.

– Alors bien dormi ?

– Hum. J'ai la tête dans un étau, pour être poli, et avec le décalage horaire, je n'ose pas imaginer la suite !

Notre avion atterrit en fin d'après-midi, sous les applaudissements d'une partie des passagers. D'où vient cette tradition débile ?

Pourquoi, je n'ai jamais eu le droit à une telle ovation, après avoir traversé tout un continent au volant de quarante-cinq tonnes ?

À peine sortis de l'avion, Mike et Franck confirmèrent le nanisme des Français, comparé aux deux solides gaillards qu'ils étaient.

Ma mère avait bien fait les choses comme à son habitude

Un taxi pouvant engouffrer au moins deux fauteuils roulants nous attendait pour nous conduire Gare de Lyon, d'où partait notre train pour le sud.

– Vous n'êtes pas d'ici, dit le chauffeur en démarrant en trombe.

– Avec notre allure et nos valises, difficile de dire le contraire, répondit Anna.

– Vous êtes Canadiens, je me trompe ?

– Tout juste ! Nous v'nons d'pays d' caribous, comme vous dites-vous z'autres Français ! continua-t-elle en riant aux éclats.

Nous étions tombés sur un amoureux des grands espaces qui, pendant toute la durée du trajet, fit preuve d'un débit aussi impressionnant que le Saint-Laurent. Ça tombait bien, car je n'avais nullement envie de raconter ma vie.

Le chauffeur nous accompagna au pied du wagon sans lâcher prise, et en guise d'adieu Nana lui fit une bise sur le front qui le laissa pantois !

Le compartiment couchettes qui nous était réservé était plutôt confortable et nous donna l'illusion d'avoir loué un studio de vacances. Mike commenta la journée en disant à quel point il était finalement épuisant de ne rien faire !

Nous mangeâmes les quelques sandwichs préparés par Frank le matin même sur l'autre continent, et le décalage horaire m'emporta sans crier gare dans un sommeil si profond que les rêves ne purent, cette fois, s'imposer.

– Eh, t'es malade de me réveiller comme ça !

– Tu n'es pas en sucre, tu t'en remettras ! dis-je à Mike.

Je n'en revenais pas, nous étions déjà arrivés à Nice. J'avais dormi plus de quatre heures d'affilée ! La France est vraiment un petit pays me dis-je…

Je me sentais en pleine forme, prêt à dégommer tous les Tyranne de la création, si ce foutu fauteuil à roulettes plié devant moi ne me renvoyait pas à mon insupportable condition.

Nous n'étions pas là pour jouer aux touristes, Anna dut remettre à plus tard son désir d'aller flâner sur la promenade des Anglais.

Après avoir loué un imposant 4X4 Audi noir aux vitres teintées, nous primes la route de Digne-les-Bains, un charmant village des Alpes-de-Hautes-Provence.

– Mike, dis-je, vraiment superbe, cette Audi, mais nulle question discrétion ! On doit nous prendre pour des flics, ou pour des maffieux russes en goguette !

– J'avais pensé à une Fiat 500, mais pas génial avec ton fauteuil !

– Tu as vraiment de la chance que je ne puisse pas te botter le cul, mais tu ne perds rien pour attendre. Bon, trêve de plaisanterie, Nowam ne doit pas rigoler des masses en ce moment !

Juste après Nice, nous nous arrêtâmes au bord de la route. Sous les oliviers, nous prîmes chacun un copieux petit déjeuner, et pour la première fois de nos vies goûtèrent aux chants des cigales.

– Au début, j'ai cru qu'un type s'énervait avec sa scie sauteuse, dit Frank amusé. Par où commençons-nous ? demanda-t-il, histoire de rentrer dans le vif du sujet.

Puis il continua.

– À la mairie, ils devraient nous renseigner sur l'adresse de ce Christophe Tremblay. Au cas où, on se fera passer pour de la famille lointaine, en vacances dans le coin. Avec son sourire légendaire Anna saura faire sauter toutes suspicions !

– Pas bête Frank, alors commençons !

Le charme de Nana n'y fit rien. Aucun Tremblay à Digne-les-Bains, du moins d'après l'employée de l'état civil. Nous décidâmes alors de rechercher l'endroit propice à la vie occulte d'un loup adulte, voire de la meute à laquelle il appartenait.

La recherche s'avérait d'emblée compliquée, car la région regorgeait de bois et forêts. Il nous faudrait la quadriller méthodiquement en tenant compte de la présence des plans d'eau.

À l'office de tourisme de Digne, nous sélectionnâmes des brochures, et l'une d'entre elles attira dès l'abord mon attention.

Elle vantait un joli village niché au sommet d'un petit massif montagneux qui donnait à l'ensemble l'allure d'une forteresse imprenable. Cette image était celle dont j'avais rêvée.

Le village de Sisteron, au pied duquel coulait une rivière.

Je tapai alors sur l'épaule de Mike en lui tendant le prospectus.

– C'est par là qu'on doit aller !

…

– Ça en jette, répéta plusieurs fois Mike.

Il est vrai que Sisteron « en jetait », avec son allure de parfait décor de sage cité moyenâgeuse, si exotique pour un regard canadien.

Troublé, j'y reconnaissais le moindre détail, comme si j'arpentais les lieux de mon enfance. Mike, Franck et Nana me demandèrent à plusieurs reprises si mon intuition était la bonne. Ce à quoi, je leur répondis… en continuant d'avancer.

À quelques kilomètres de là, vers le nord, hors des sentiers battus, nous dénichâmes un petit hôtel-restaurant familial, qui s'avérait être un excellent centre d'opérations pour les touristes que nous prétendions être.

Si nos chambres étaient pour le moins vieillottes, la cuisine du terroir aurait comblé les papilles de Nowam.

– Mike, je n'arrive pas dormir.

– Tu penses à demain ?

– Si on retrouve le père de Nowam, et qu'il ne souhaite pas nous aider, comment fait-on ? Je vais me pointer devant Tyranne en fauteuil, et lui demander de se baisser pour que je lui casse la gueule ? Il sera alors si effrayé qu'il me donnera sans délai les clefs du trou à rat où il a enfermé Nowam.

– Sympa pour nous ! Tu n'es pas tout seul, je te le rappelle. Et puis Tremblay reste le père de Nowam, il ne devrait pas se défiler.

– Avec toi, tout a l'air simple.

– Je ne dis pas que ce sera simple, mais on doit y croire, il n'y a pas le choix. Allez, essaie de trouver le sommeil, la journée de demain va être longue.

– Merci Mike.

– De rien beau-frère.

– Idiot.

Comme la veille, nous débutâmes nos recherches par la mairie.

Une jeune femme livide et frêle disparaissait en partie derrière le guichet de l'accueil. Elle nous toisa d'emblée avec un air peu engageant.

– Nous aimerions obtenir l'adresse de l'un de vos administrés, demanda Nana.

– Pas possible, à moins que vous soyez de la police !

Mike intervint alors en prenant une mine d'enterrement.

– Voyez-vous madame, c'est pour mon ami ici présent, dit-il en me pointant du doigt. Nous avons appris récemment qu'un membre de notre famille vivait ici, et qu'il serait compatible en vue d'une greffe de moelle osseuse. Nous avons fait le voyage depuis le Canada dans l'espoir que mon ami puisse remarcher un jour.

Je pris mon visage, entre les mains, non pas pour renforcer l'aspect dramatique de la scène, mais pour cacher la honte, qui soudain me submergeait.

La fille fil de fer me regarda un instant :

– Bon, je veux bien faire une exception. Donnez-moi le nom de cette personne.

– Il s'appelle Christophe Tremblay, dit Nana en octroyant un large sourire à l'allumette.

– Je regarde… deux minutes.

Deux minutes parmi les plus longues de ma vie.

– Oui, il est bien inscrit sur le registre de la ville, mais, je ne peux vous communiquer son adresse.

– Merci, c'est déjà beaucoup, dit Mike, grâce à vous, nous retrouvons un espoir.

De retour dans l'Audi les rires fusèrent.

– Tu es vraiment un bel enfoiré, dis-je à Mike, abuser comme ça d'un handicapé, déjà que je te dois un coup de pied au cul, ça fera deux, et ils seront douloureux crois-moi !

Mike avait bien mérité son quart d'heure de gloire.

Frank prit la parole.

– Bon maintenant il s'agit de le trouver. Le mieux est d'attirer l'attention. Sisteron n'est pas Montréal, on a des chances de tomber sur un loup de la meute. Faites travailler vos sens olfactifs les amis, on est proche du but.

Le groupe approuva, et une minute plus tard chacun prit une direction différente. Il était hors de question que je me trimbale un garde malade, et j'avais décidé de mener seul ma part de mission.

À l'époque de la création de Sisteron, les chaises à porteurs étaient préférées aux fauteuils roulants, et très vite en abordant les ruelles de la ville, je commençai à regretter ma hardiesse.

Certains repèrent en premier les bistrots, moi, ce sont les librairies.

Mais Christophe Tremblay était inconnu des lecteurs.

Au bout de quatre boutiques et d'une trentaine d'interviews au hasard, le soleil déclina en même temps que la force de mes bras, et je me décidai à rejoindre notre point de ralliement.

Frank et Nana venaient d'arriver, bredouilles et la mine sombre. Cinq minutes après, Mike se pointa en affichant quant à lui un large sourire.

Il avait peut-être une piste. Un type à qui il avait posé la question fatidique avait hésité un moment avant de lui répondre négativement.

– Mais ce n'est pas tout, dit-il, car, je l'ai vu me renifler !

– C'est génial, on n'a plus qu'à attendre dit Frank. Si c'est un lycan, d'autres ne devraient pas tarder à radiner. En espérant qu'il ne s'agisse pas de membres de la meute de Tyranne en villégiature dans la région ! Où l'as-tu trouvé ?

– Dans le bar où je sirotais une bière tout simplement, dans la vie parfois, il suffit d'attendre.

Après le repas de midi, nous nous décidâmes à jouer les touristes nonchalants. Si la piste était bonne, nous avions ainsi de meilleures chances d'être repérés.

Je « roulai » de long en large dans le centre historique, croisant à deux ou trois reprises Frank et Nana les bras chargés de cadeaux « typiquement français. »

Rien, pas la trace d'une quelconque surveillance. Je branchai l'un des libraires rencontrés le matin, qui me vanta la réédition de « La quête d'Ewilan » de Pierre Bottero, et de « A comme association » d'Éric L'Homme et Pierre Bottero. Intéressant, mais cela ne me faisait pas particulièrement avancer !

Deux heures après, alors que je sortais de l'église, une grenouille de bénitier me tendit une pièce, attendrie par mon véhicule !

Le renifleur du bar devait être un simple pochetron, et nous nous étions fourvoyés. Il faudrait tout reprendre à zéro.

Le soir nous rejoignîmes nos chambres, Mike et moi dormant dans la même.

Ne parvenant pas à trouver le sommeil, les yeux fixés sur le motif provençal des rideaux, je rejoignis mon père dans ses doutes concernant l'expédition.

Tu ne sais pas à quel point je crains d'apprendre sa mort.

– Ce n'est pas le moment de perdre pied Jethro, me répondit Mike.

Une poignée de secondes s'écoula, puis nous nous esclaffâmes comme deux gamins.

– Elle est bien bonne celle-là, dis-je, décidément tu n'en rates pas une !

CHAPITRE 25

Le réveil fut d'autant plus difficile que je venais de m'endormir.

J'avais hâte malgré tout de reprendre les recherches.

Je n'arrivais pas à m'habituer au « p'tit déj à la Française », mais le café était parfait et tombait plutôt bien.

Puis tout s'accéléra.

Debout près de l'Audi, quatre types de tailles moyennes aux cheveux coupés ras nous attendaient. Parmi eux, celui que Mike avait repéré dans le troquet.

– Alors, comme ça vous cherchez notre Alpha ? dit-il.

– Votre quoi ? répondit Franck.

– Ne nous prenez pas pour de stupides humains !

Les quatre hommes, particulièrement celui qui venait de prononcer ces mots, dégageaient une puissante aura.

– Je suis son Prélat et je vous invite à nous suivre.

Après nous être poliment, mais fermement « invités » à monter dans deux 4x4 hors d'âge, nous prîmes une route de campagne qui nous éloigna de la ville. Je me retrouvais assis à côté de Mike, mon fauteuil plié dans le coffre auprès d'une carabine de chasse. Christophe Tremblay était donc leur Alpha. Une bonne nouvelle en soi.

Quelques kilomètres plus tard, l'homme se tourna en brandissant deux cagoules, sans prendre le temps de nous en expliquer le mode d'emploi. Nous nous mîmes ensuite à tanguer dans le noir, sur ce qui devait être une piste de terre. Je me décidai à briser le silence.

– On ne s'est pas présentés, moi c'est Jethro…

– Jethro ? Hum ! Ça fait très vendeur de pizza, non ? Moi, vous n'avez pas besoin de le savoir.

Une demi-heure plus tard, le 4x4 ralentit, et l'homme nous autorisa à retrouver la lumière. Nous traversâmes deux lourdes grilles perdues dans les vignes, empruntâmes une allée de gravillons, et stoppâmes, devant un magnifique mas provençal. Décidément, tous les Alphas voient leurs demeures en XXL, pensais-je.

Notre chauffeur descendit et Mike m'aida à déplier mon fauteuil. Le type du bar nous demanda de le suivre, au moment où une voix forte et claire s'écria :

– Frédéric, montre le chemin du salon à nos invités, et vient me présenter le jeune homme en fauteuil, j'aimerais m'entretenir seul à seul avec lui.

– Merci « Frédéric ! » dis-je.

En dépit de son physique d'apollon et de ses yeux marron orangé qui devaient faire fondre les filles ou les garçons, le Prélat n'avait a priori pas le sens de l'humour particulièrement développé.

– Je t'attendais, me dit l'Alpha en se tournant, sûr de son effet.

Une aura bien plus imposante encore que celle de son Prélat, émanait de cet homme assis de dos dans son fauteuil de chef. Sa voix à l'autorité incontestable résonna une fois de plus dans la pièce en ordonnant à Frédéric de sortir.

Des cheveux bruns, très clairs, coupés court, un corps sec et musclé, lui donnaient une allure martiale. Ses yeux ne laissaient pas le moindre doute, il était bel et bien le père de son fils !

– Vous êtes Christophe Tremblay.

– Oui, et toi, tu es Jethro, fils de Chris Shift, et aussi l'homme qui a sauvé mon fils et en est tombé amoureux.

– Vous me semblez bien renseigné M. Tremblay ! dis-je, troublé par l'assurance et le calme de l'homme.

– Te souviens-tu de ce monde imaginaire, dans lequel tu évoluas juste après l'enlèvement de Nowam ?

– C'était donc vous ! Je m'en doutais, mais… mais comment avez-vous fait pour…

– Connais-tu les légendes qui parlent de nous ?

– J'en connais certaines, qui relatent que votre espèce posséderait des capacités que nous ne possédons pas.

– Alors je vais t'éclairer, mais cela doit absolument rester entre nous. Lorsqu'un loup blanc vient au monde, il naît doté de nombreuses capacités. Celles-ci demeurent en sommeil tant qu'elles ne sont pas sollicitées. J'ai pour ma part hérité entre autres, du don de voyager à travers le monde des rêves, et de celui de soigner. Nous sommes enviés pour cela, mais toute médaille a son revers. Car contrairement à vous, nous ne pouvons adopter la forme unie avec notre loup. En clair, la forme fusionnelle qui fait votre puissance nous est inaccessible.

– Vous m'impressionnez ! Mais avec de telles dispositions, pourquoi n'êtes-vous pas intervenu avant pour sauver votre fils ? D'autant que votre service de renseignements a l'air des plus efficaces ?

– Ne juge pas sans connaître tous les éléments Jethro. Une guerre de meutes ne nous serait pas favorable. Depuis qu'il est Alpha, William Tyranne a semé la mort, et pas seulement parmi les lycans. Il n'a pas hésité à transformer et à asservir certains humains. Un conflit frontal contre lui risquerait par ailleurs de nous dévoiler au monde. Cette ordure n'a pas le moindre scrupule, et aucune morale personnelle, si ce n'est la satisfaction de ses plus bas instincts.

– J'ai tellement de questions, mais l'urgence est de sauver Nowam et sa mère, m'aiderez-vous ?

– Comme je viens de te le dire, c'est compliqué.

– OK, alors dois-je comprendre que votre position s'apparente à la fuite ? Ce qui expliquerait pourquoi vous avez laissé votre fils à son sort depuis si longtemps. À moins qu'il ne s'agisse là encore, de l'une des particularités de votre espèce, si douée soit-elle !

– Tu es mon hôte Jethro, ne l'oublie pas, je te demande par conséquent un peu plus de retenue ! Dis-toi que tu n'as pas le monopole de la souffrance dans cette tragédie.

Tout en s'approchant de moi, il poursuivait un discours que je ne pouvais plus entendre au risque de me perdre moi-même.

– Depuis le premier jour, je pense à mon fils et retourne ce drame dans tous les sens. Si je n'étais pas l'Alpha de cette meute, j'aurais probablement pris une initiative personnelle, et en ce moment même, je me reposerais certainement six pieds sous terre. J'estime être malgré tout plus utile à Nowam vivant que mort. Pour répondre à ta question, je peux aujourd'hui t'aider d'une certaine manière.

Mais tu devras me faire confiance et rester ici quelques jours. Tes amis sont les bienvenus. Fais-le pour Nowam.

Ces derniers mots résonnèrent dans ma tête, puis je sentis doucement flotter mon corps… avant que la lumière blanche… comme la fois où…

– Mais, qu'est-ce que vous m'avez f…

CHAPITRE 26

– He Jethro, tu vas faire le mort encore longtemps ?

– Oh ! Je… Ce n'est pas vrai, ne me dis pas que j'ai encore joué à la Belle au bois dormant ! Combien de temps cette fois, Mike ?

– Juste une journée… après celle d'hier… et celle d'avant ! Et maintenant Jethro, prépare-toi au choc !

– Au choc ! Quel choc ? De quoi parles-tu ?

– Alors, c'est le black-out ! Écoute-moi, tu as perdu le fil. Rembobine le film. Souviens-toi des dernières recommandations de Christophe !

– Christophe ! Oh je vois que tu as sympathisé avec ce lâche !

– Ce lâche comme tu dis, va te faire faire un grand bond en avant, y compris vers Nowam… Allez ! bouge ton cul maintenant !

– T'es un marrant Mike. En général je suis le premier à défendre ton humour, même quand tu dérapes, et c'est souvent le cas ! Mais là, tu dépasses les bornes. Alors, va t'éclater en forêt avec mon fauteuil et on en reparle !

Sans me demander mon avis, Mike me souleva par les aisselles, esquiva la mandale que je lui mijotais, et m'extirpa du lit. Mes deux pieds touchèrent doucement le sol, et une douleur aiguë me conduisit au bord de l'évanouissement. Mike ne me lâcha pas pour autant, et instinctivement, comme un jeune enfant, je mis un pied devant l'autre en titubant comme un faon.

Mike poussa un cri hystérique :

– Papa, Maman, il remarche ! Jethro remarche !

Ces derniers débarquèrent en trombe, aussitôt suivis par Christophe.

Emporté par le bonheur, Franck me lâcha, et je tombai comme une chiffe molle, aussitôt rattrapé au vol par mon sauveur :

– Oh là doucement, pas si vite ! J'ai certes utilisé mes dons pour l'essentiel, mais pour le reste, je ne suis pas un magicien. À toi de travailler maintenant. Il va falloir remuscler tout ce corps endormi !

– En attendant, il faut fêter ça ! dit Nana, qui pendant mon long sommeil avait cassé la tirelire en vue du grand jour.

Je ne pouvais plus retenir les larmes qui maintenant dévalaient mes joues. Je prodiguai une chaleureuse accolade au père de Nowam, embrassai mon trio d'amis. Le Prélat et ses acolytes vinrent discrètement partager l'événement.

– Je ne sais pas comment te remercier Christophe, bafouillai-je.

Je fus soudain pris d'un malaise ; après avoir trop demandé à ce corps encore chancelant, je dus m'asseoir pour ne pas terminer dans les vapes.

Dès le lendemain, la rééducation commença, suivie d'un entraînement rigoureux, et ce fut loin d'être une partie de plaisir. Christophe m'avait confié aux mains expertes de

Frédéric pour les massages, et avait donné des consignes précises à Mike et Franck pour le reste.

Je compris pourquoi Christophe avait choisi Frédéric comme Prélat. Il n'était certes pas très loquace, mais apparaissait comme un loup complet et réfléchi. Avec son impressionnante musculature, il devait être par ailleurs une valeur sûre en combat rapproché. D'autant plus qu'il possédait le don d'imposer sa volonté par le simple toucher. Lors d'une démonstration, il envoya simultanément Mike et Franck au tapis, sans qu'ils aient eu le temps de capter quoi que ce soit.

Les jours défilèrent à un rythme soutenu. Christophe était sans pitié quant à l'entraînement, ne cessant de répéter que ses exigences bénéficieraient en premier lieu à Nowam.

Nous affinâmes peu à peu le plan d'action, et notre hôte mit à notre disposition tous ses moyens logistiques et de renseignements, qui n'avaient rien à envier aux meilleures organisations.

L'Alpha, nous fit admettre qu'Anna devait demeurer près de lui, afin qu'elle ne prenne pas le moindre risque. Et puis il avait besoin d'elle pour le travail de liaisons. Frank, quant à lui, nous accompagnerait en tant que support en cas de besoin.

J'avais retrouvé en un temps record le parfait usage de mes jambes, et me sentais en bien meilleure forme qu'avant l'agression qui m'avait anéanti.

– Pourquoi Frédéric n'interviendrait-il pas? demanda Nana, ses dons seraient des armes redoutables.

– Il interviendra, ne t'en fais pas, ajouta Christophe. Il supervisera votre entrée jusqu'à votre fuite. C'est souvent à ce stade que ce type d'opération tourne au fiasco.

– C'est quand même nous qui prenons tous les risques,

mais bon, on n'a pas d'autres solutions, rajouta Mike, la mine songeuse, pensant à son père qui allait être au côté du Prélat.

Le reste de l'après-midi, je tentai de discuter avec Frédéric, essayant de lui tirer quelques vers du nez à propos de son Alpha. Il m'expliqua alors que tous les membres de la meute aimeraient voir leur Alpha heureux. Que tous les sacrifices personnels qu'il avait faits pour eux faisaient de lui un Alpha à l'écoute de ses membres. Je lui promis alors une chose, que son Alpha Christophe serait heureux une fois que toute cette affaire serait finie ! Il aurait près de lui sa femme Isabelle la mère de Nowam.

Je vis alors naître pour la première fois un sourire sur son visage ; cela lui allait beaucoup mieux que son air sérieux. Dans un élan de courtoisie, il me demandait alors :

– Le fils de l'Alpha, comment est-il ?

– Nowam… Il est, souriant, curieux et toujours joyeux, il aime apprendre. J'adore les longues courses à ses côtés dans la forêt, son caractère est très apaisant, il est devenu un point d'ancrage pour moi.

– C'est ton lien ?

– Oui.

– Tu as de la chance, le mien n'est encore jamais apparu.

– Eh bien, en voyant ce changement de comportement, je jurerais que tu essaies de devenir amical.

– Tu te trompes, j'essaie juste de prévoir le voyage de demain en tentant de le rendre plus confortable. Et j'en profite pour juger si tu n'es pas une menace pour nous.

– Oui, c'est ça, à d'autres. Passe une bonne soirée.

– Merci, toi aussi.

…

Le réveil sonna à 2 h 30 du matin. Une demi-heure après nous étions tous sur le pied de guerre. Avant de partir, Christophe nous confia trois petits flacons contenant un liquide rouge opaque, en précisant que Frédéric nous indiquerait leur utilité en temps voulu. Au bout de deux heures de route, sans avoir échangé un mot, nous arrivâmes à la périphérie de Marseille. Nous éteignîmes les phares aux abords d'une sobre villa basse et blanche, faisant face à la mer.

Seul un magnifique ciel étoilé purifié par le Mistral de la veille éclairait la nuit.

– L'ensemble de la propriété est vaste, mais la villa ne comporte pas de dépendances, annonça Frédéric. Il y a quatre gardes à l'entrée et à peu près autant à l'intérieur. Mais, cela varie selon les jours. On va bénéficier de l'effet de surprise, donc ça devrait le faire. Je commence par m'occuper des gardes comme prévu et ce sera à vous de jouer. N'oubliez pas que ce sont des tueurs, donc n'hésitez pas à tuer les premiers !

Nous prîmes réellement conscience de la situation en entendant ces derniers mots.

– À quoi servent les fioles, demanda Mike ?

– J'allais y venir. Il s'agit de l'un des pouvoirs de notre Alpha, et non des moindres. Il ne vous offre rien de moins que son sang. Celui-ci décuple le potentiel physique et sensoriel de celui qui le boit, et contribue à sa totale régénération en cas d'accident. Une demi-dose suffit.

– Rien que ça ! dit Mike, alors qu'est-ce qu'on attend ?

La suite se déroula très vite. Frédéric bondit hors du 4x4 comme un chat, et escalada le mur de la propriété à mains nues avec une aisance déconcertante. Il réapparut quelques minutes plus tard en effectuant le signe convenu. Frank souhaita bonne chance à son fils et ce fut enfin à notre tour. Nous parvînmes de l'autre côté de l'enceinte sans trop de difficultés, en rendant hommage à Christophe pour l'entraînement imposé.

Quelques secondes auparavant, Christophe et Nana venaient de neutraliser à distance le système de vidéo surveillance.

À genoux derrière les feuillages salutaires d'une haie de lauriers roses, c'est alors que j'aperçus dans l'ombre sur ma droite, les corps regroupés des quatre gardes. S'ils n'étaient pas morts, ils en avaient tout l'air ; le noir uni de leurs tenues me fit frissonner, et me renvoya aux heures les plus sombres de ma vie.

Il était l'heure pour nous d'agir. Mike me fit un clin d'œil, fit le V de la victoire, et je fonçai vers le perron arrière de la villa.

J'actionnai la sonnette de la porte d'entrée.

…

De son côté Mike longea le mur Est de la bâtisse, avant de se faufiler à l'arrière.

Quand tout ça sera fini, je serrerai mon fils fort contre moi en espérant qu'il ne grandisse jamais ! pensa-t-il. Tuer ou être tué, tu parles d'un scénario ! Contrairement à Jethro je n'ai jamais quitté ce cocon qu'est la meute. Maintenant, surtout ne pas perdre le contrôle.

Mike se retrouva devant une vaste terrasse de bois latté dominant la mer. En d'autres circonstances, la vue aurait été superbe. Il avança vers une baie vitrée restée entrouverte, d'où filtrait la lumière, avec l'infime sensation d'être épié.

– Alors comme ça vous êtes venus à plusieurs ! Ton ami Jethro douterait-il de lui à ce point ?

La voix qui retentit soudain anéantit Mike. Non pas du fait de la menace qu'elle augurait, mais de par l'identité qu'elle révélait.

Celle de Tristan !

L'ex-Prélat s'approcha dans la lumière, et devant la mine éberluée de Mike continua :

– Ta naïveté est consternante Mike, tu aurais dû rester dans ton petit monde, où tout est gentil et niais à souhait. Maintenant tu vas te comporter en bon loup docile et devenir avec ton éclopé de copain un simple dommage collatéral.

Le cerveau de Mike essaya d'envisager toutes les hypothèses, y compris celle de la trahison du père de Jethro. Si c'était le cas, pourquoi une telle mise en scène ?

Tristan souriait méchamment, comme s'il parvenait à lire dans les pensées de son désormais ennemi.

– Tu mens, il n'aurait jamais fait ça ! dit Mike malgré lui.

– Arrête de te voiler la face. La bonté est une qualité inventée par l'homme, pour que les plus faibles puissent se faire marcher dessus en disant merci. Comment crois-tu par exemple que je sache que ta pédale d'ami se traîne désormais en fauteuil ? Et comment crois-tu que je serais arrivé ici ?

– La ferme, ordure, tu mens !

– Oh le pauvre louveteau ! Il n'arrive pas à admettre que son précieux Alpha, avant tout soucieux de préserver son autorité, se devait de tout faire pour ramener son fils à la normalité, au risque de perdre la face à jamais.

Tout en achevant sa phrase, Tristan s'approcha de Mike, tétanisé par ce qu'il comprenait. Mike perçut alors qu'une chaude humidité nappait peu à peu son flanc gauche. Puis il s'écroula lentement.

– Une dernière chose. Ton fils Flynn, c'est bien ça ? Le soir, je lui raconterai pour l'endormir, à quel point la stupide naïveté de son père a fini par lui être fatale.

Tristan détourna les talons, sans même jeter un regard à sa victime dont le sang se répandait sur le bois de la terrasse comme de l'encre sur un buvard. Le cœur de Mike continua désespérément à battre, chacune de ses pulsations s'obstinant à retenir la vie qui s'échappait. Mike se souvint soudain du flacon qui gisait dans la poche droite de son pantalon, et au prix d'un effort surhumain il en dévissa la capsule. Il porta le liquide à ses lèvres, ferma les yeux, et épuisé, sombra. Quelques secondes après, la voix familière de Christophe se mit à résonner dans sa tête. Puis veines et artères se mirent à pulser de nouveau avec plus d'ardeur.

– Ce n'est pas encore ton heure, Mike. Alors, maintenant debout, reprend ton rôle. La partie n'est pas terminée.

Mike se releva, et regarda machinalement son flan. La plaie se refermait à vue d'œil, comme si elle semblait n'avoir jamais existé.

Abandonnant au plus vite ses vêtements, il adopta la forme qui s'imposait. Sa transformation fut inédite en rapidité comme en intensité. Pour la première fois de sa vie, il obtint la fusion avec son loup. Traversant la baie vitrée qui vola en éclats, il tomba nez à nez avec Tristan.

– C'est impossible, comment ? Il n'eut pas une fraction de seconde pour en dire plus.

D'un claquement rageur, Mike referma sa gueule sur la fine gorge de l'ex-Prélat. Un gargouillis infâme se fit entendre, et sa tête roula sur le sol avant que son corps ne suive le même mouvement.

– Pour info, ordure, sache que Jethro remarche, et doit en ce moment même, faire la fête à ton ami William !

Sans perdre une seconde, Mike reprit sa forme humaine tout en empruntant au pas de course un large couloir desservant les autres pièces. Il n'eut pas le temps d'admirer le style rococo-tape à l'œil des lieux, et s'arrêta en haut d'un escalier duquel surgissait un jeune type grassouillet, dont le visage ne respirait pas d'emblée l'intelligence. Apparemment il n'y avait personne dans les lieux, à part ce gosse.

Il devait avoir à peu près le même âge que Nowam, même s'il est souvent difficile de donner un âge précis à un lycanthrope.

– Qui es-tu toi ? lança-t-il.

– Peu importe, mais toi, tu dois être Jeffrey…

Sans plus de formalités, Mike empoigna le demi-frère de Nowam par le coup et le souleva du sol. Attirée par les cris de porcelet du garçon, une femme apparue par l'embrasure d'une porte au bas de l'escalier.

– Vous êtes la mère de Nowam ?

Entre ses cheveux bruns aux reflets blonds, et la douceur de son visage, la ressemblance était troublante.

– On n'a pas beaucoup de temps, alors je vais être bref. Nous sommes là pour vous et Nowam. Préparez-vous.

– Je vous attendais, répondit simplement la femme.

Le porcelet à qui Mike avait relâché l'étreinte, grommela :

– Mère, si tu le suis, la colère de père sera foudroyante, et le sang coulera !

Celle-ci répondit aussi sec :

– À partir de ce moment, tu n'es plus rien à mes yeux, juste un stupide pantin manipulable !

– Mère !

– Et le sang a déjà commencé à couler, poursuivit Mike, si tu es encore en vie, tu le dois à ton jeune âge, mais ma clémence à des limites ! Alors, maintenant ferme-la !

Ne souhaitant plus être ralenti par son fardeau, Mike assena au garçon un coup sec à l'estomac, et le déposa dans le placard à balais.

Au moment où Mike commençait à descendre l'escalier, Nowam montait péniblement les marches.

Son visage de carton-pâte, accablé par la souffrance et la peur, marquée d'ecchymoses, s'éclaira timidement à la vue de Mike, mais aucun son ne sortit de sa bouche.

– Ne dis rien, Nowam, le temps presse, accroche-toi à moi.

La mère de Nowam se munit d'un lourd trousseau de clefs posé sur une commode, et le petit groupe se mit en marche. Mike portant Nowam à la manière des mères africaines, passa devant une porte mise en miette. Cela venait peut-être de Nowam qui avait compris qu'il était l'heure pour lui de retrouver la liberté. Au moment où ils contournaient le cadavre de Tristan, une voix froide et métallique résonna alors jusqu'à la bâtisse.

CHAPITRE 27

La porte s'ouvrit un gamin qui devait avoir à peu près le même âge que Nowam apparut.

– Qui es-tu, toi, me dit-il avec ses airs supérieurs.

– Où est Nowam, lui demandais-je avec un ton agressif.

– Papa, je crois bien que c'est pour toi, prononce-t-il en haussant la voix.

Un type à la carrure massive descendit aussitôt, ses airs de brute ne présageaient rien de bon. Il prononça d'une voix autoritaire « Jeffrey monte surveiller là-haut ». Le gamin, suivi l'ordre, tel un bulldozer tout s'enchaîna vite sans aucune présentation l'homme entama sa transformation de simple humain gras à lycan surpuissant. Je n'avais jamais vu une forme fusionnelle aussi colossale, il tenait plus du cerbère à trois têtes qu'autre chose. Ses yeux rouges me fixaient comme un vulgaire bout de viande. Mon cerveau avait du mal à fonctionner, mais je repensai instantanément au petit flacon. Je ne pus malheureusement pas m'en saisir que je me retrouvai déjà projeté contre un arbre, le dos en compote.

Mes esquives s'enchaînaient tout en gardant mon objectif

de vouloir me changer. J'eus enfin le champ libre quand son regard fut attiré par des êtres quittant la propriété, Mike avait sûrement réussi.

Nos crocs s'entrechoquaient pour tenter de trouver la dominance sur l'autre, mais je sentais bien que ma supériorité montait en niveau. Le sang du père de Nowam pulsait dans mes veines et chaque coup porté à ce William venait de nous deux clamant vengeance. Mon loup prit le contrôle que je lui avais cédé et se mit à jouer telle une proie féroce sur une pauvre brebis.

Ça allait de plus en plus vite, d'un coup de griffe qui le rendit aveugle de l'œil gauche, jusqu'au coup de croc qui lui laissa une des pattes avant bien amochées. Soudain sentant sûrement son heure arrivée, il mit ses dernières forces dans une attaque, qui me projeta à travers une vitre épaisse et une table en bois massif qui se brisa sous le choc. Mon corps endolori et de nouveau humain rampa, réfléchissant à toute vitesse. Allongé sur les débris de verre qui pour certains me ciselaient la peau du dos je n'eus plus de temps pour une autre pensée. William était de retour, regardant mon corps quasiment inerte, sa forme semi-humaine me menaçait de ses griffes tendues.

Les yeux mi-clos il m'empoigna par les cheveux me postillonnant au visage avec une voix bestiale.

– Mais comment crois-tu que j'ai réussi à récupérer Nowam… espèce de jeune con !... Sans l'aide de ton père, je ne serais jamais parvenu à remettre la main dessus. Le fils trahi par son père, dit-il en riant pompeusement.

Tout en gardant l'infime espoir que tout cela soit le fruit d'un mensonge pervers de Tyranne, je commençais à me résoudre à l'inacceptable vérité.

Il était grand temps que tout cela se termine, prenant en main un épais morceau de verre disponible près de mon corps. J'y mis toute ma force et ma volonté et lui transperçai le bas du dos laissant l'objet dans la plaie pour abîmer, un peu, son imposante stature. Le cri qu'il poussa n'avait rien de surjoué. J'avais ressenti cette douleur quand sûrement, l'un ces hommes m'avaient fait la même chose. Il avait réfléchi un peu trop en cherchant à me faire cette confession qui finalement lui avait fait perdre à son tour ses si précieuses jambes. Tyranne était vaincu !

Me relevant en force, son corps s'écroula au sol avec le visage blême, tentant de trouver des mots qui ne pourraient jamais exprimer ce qu'il ressentait. Les miens, que je prononçai avec force, exprimaient une volonté de trois personnes :

– Tu vois ça, ces jambes dont tu ne pourras sûrement plus jamais te servir, c'est de la part de Nowam, Christophe et moi, souviens– t'en ! Je te ferai envoyer un fauteuil si j'ai le temps.

Je rejoignis la voiture, nu comme un ver, les plaies sur mon corps commençant à cicatriser. Dans l'habitacle tout le monde m'attendait, j'eus le cœur apaisé en voyant à nouveau Nowam, il allait être près de moi. Il avait bel et bien hérité des cheveux de sa mère qui, sans un mot, me transmettait, par le regard, ses remerciements. De nombreuses vies allaient changer à partir de maintenant.

…

Nowam dormait. La tête contre l'épaule de sa mère dont le regard se perdait au loin. Le soleil commençait à se lever, et la mer miroitait vers l'est. Sans dire un mot, Frédéric démarra.

Je me souviendrai toujours de cette nuit au bord de la Méditerranée, qui changea profondément une partie de nous tous.

Christophe et Anna nous accueillirent comme des héros, et ne cachèrent pas leur soulagement.

Je pris Nowam dans mes bras, et l'allongeai dans la

chambre la plus calme de la propriété. Il ne se réveilla pas, mais de tout son être émanait une beauté rare.

Je retrouvais Mike, une bière à la main, le visage tourmenté comme jamais.

– Hey ! Qu'est-ce qui ne va pas ?

– Tu as vu le corps de Tristan… Je n'ai pas voulu ça ! Mais j'ai perdu le contrôle de mon loup. Tristan venait de tout dire pour ton père. Je suis tellement désolé pour toi Jethro… Comment ai-je fait pour ne pas comprendre plus tôt ?

– À ta place, je n'aurais pas eu la force de canaliser ma part animale Mike. Moi non plus, je n'ai rien vu venir.

– Que va-t-on faire maintenant ?

– Bah ! Pour commencer, arrête de te lamenter sur son sort. Dans deux ou trois jours, on réglera ce qui doit l'être. Pour sa sécurité, Nowam restera ici auprès de sa mère. Et il va devoir faire connaissance avec son père. Et puis je ne veux plus qu'il coure le moindre risque.

Sans s'en rendre compte, Jethro s'exprimait comme le chef qu'il était devenu.

– Ta mère, Jethro, qu'est-ce qu'elle va devenir lorsqu'elle va apprendre tout ça ?

– Il va falloir la soutenir, une partie de son monde va s'écrouler. Comme pour nous tous. Allez, ne tire pas la tronche, tu vas bientôt retrouver Flynn !

– Oui, je m'impatientais de revoir mon fils. Toute cette sale histoire me montre à quel point il a besoin de moi.

Frank et Anna eurent l'idée de s'offrir un séjour digne de ce nom dans le sud de la France, et Christophe leur offrit chaleureusement sa maison comme camp de base.

…

– Nowam, tu es sûr de toi ?

– Oui Jethro, lie-moi à toi.

Nos vêtements disparaissent au rythme de nos caresses. Nos deux corps se rencontrent de nouveau. Aussi fébrile qu'impatient, mon instinct animal tente de s'imposer. Pour le moment, je le tenais à distance.

Nowam murmure mon prénom, je prononce le sien. Je sens son loup réagir aux appels du mien. Ses crocs me marquent la peau.

Bientôt, je ne contrôle plus rien, ne parviens plus à faire la part des choses entre désir animal et désir d'homme.

Mes crocs percent alors sa chair, lentement, sacrant notre union selon nos traditions. Le goût de son sang irradie ma bouche, une saveur que je n'oublierai jamais. Je lèche la plaie pour atténuer la rougeur de cette marque qu'il gardera pour le reste de sa vie.

Le souffle court, mon cœur reprend enfin sa cadence habituelle. Nous sommes enfin liés, cette sensation d'appartenir à l'autre est grisante. Je suis enfin un être complet. Nous nous écartons l'un de l'autre… le regard perdu et heureux à la fois. Maintenant, je le sens battre à travers moi et sûrement lui aussi, mais je n'ose lui poser la question. Je ne veux pas gâcher ce moment avec des mots.

CHAPITRE 28

L'hôtesse s'approcha de nous, nous signifiant qu'il était temps d'attacher nos ceintures.

– Au fait Jethro, alors, Nowam et toi… tu vois ce que je veux dire ? À voir vos têtes de ravis de la crèche ce matin ?

– Bah dit donc, la déprime chez toi, c'est comme les turbulences autour de cet avion, elles ne durent pas…

– Allez, tu peux bien me le dire à moi !

– Tu es chiant pff. . Bon oui, on s'est lié. C'était génial du début à la fin si tu veux savoir, même quand est venu le moment de la morsure. Ce n'est pas descriptible, tellement c'était agréable. Ça y est, te voilà rassasié ?

– En attendant, c'est tout bénef. T'es quand même plus agréable qu'avant !

– Je suis heureux de te satisfaire Mike, maintenant j'aimerais bien dormir un peu.

Un rire s'échappa de lui avant qu'il me laisse plonger dans un sommeil songeur à l'avenir de la meute.

Six heures après, nous passions les contrôles de l'aéroport Billy Bishop. En posant les pieds sur le nouveau continent, je savais que je devais maintenant en finir avec cette histoire. Parti invalide, je revenais en pleine possession de mes moyens. Cela devrait m'aider à éviter de longs palabres face à l'impardonnable. Je me décidai à appeler Nowam.

Il m'annonça qu'il était ravi par le choix des livres que je lui avais offert au moment du départ.

– Frank et Anna vont bien ?

– Oui pour le mieux, c'est leurs premières vacances depuis bien des années. Ils prennent un café au soleil avec maman et... Christophe. Comme tu vois, je n'arrive pas encore à l'appeler papa. Tu crois que ça va venir ?

– Laisse le temps agir, il a tant de choses à t'apprendre !

– Tu me manques, j'ai hâte d'être à nouveau à tes côtés.

– Moi aussi, j'avais envie d'entendre ta voix avant d'arriver au manoir.

– Je te sens inquiet.

– Avoue qu'il y a de quoi. J'ai beau m'imaginer mille scénarios, j'ignore lequel va l'emporter.

– Loup, une dernière chose... Fais attention à toi... Je t'aime !

J'aimais les surnoms dont nous nous étions affublés.

– Je t'aime aussi.

Le manoir apparut au bout du chemin. La tension monta d'un cran dans l'habitacle. Il suffisait pour s'en rendre compte d'observer le va-et-vient incessant de la jambe gauche de Mike.

Il actionna le bip, et le lourd portail s'ouvrit lentement. Le pick-up bleu avança devant l'impressionnante demeure qui m'avait vu grandir. Au moment où je coupais le contact, ma mère, soutenue par ma sœur, apparut sur le perron. Je compris sur le champ que quelque chose n'allait pas.

Bien qu'elle en ait été informée, ma mère défaillit lorsqu'elle me vit debout sur mes deux jambes. Elle me serra dans ses bras, mais ne put exprimer, plus encore, son bonheur. Baissant les yeux, elle me tendit une enveloppe.

– Ton père est parti, il a laissé ça pour toi.

Mon cher fils,

Lorsque tu liras ceci, je serai déjà loin.

Mon incompréhension de vie l'a emportée, et maintenant, je ne peux pas revenir en arrière. C'est moi qui aie organisé l'enlèvement de Nowam. Sache que l'agression dont tu as été victime ne faisait pas partie du projet. Ils ne devaient blesser personne. Mon sentiment de culpabilité fut effroyable, mais il était déjà trop tard. Il est vrai que je souhaitais un avenir différent, pour toi, mon fils. Auprès d'une femme comblée, et d'enfants certainement merveilleux. Ton retour n'a en rien modifié mes intentions. J'ai tenté de réagir différemment, mais je n'y suis pas parvenu. Le peu de temps vécu avec toi, fils, fut un bonheur. Je n'attends pas d'excuses de ta part et il est temps que j'affronte les conséquences de mes choix et de mes erreurs. J'ai fait le nécessaire pour que tu puisses prendre le plus rapidement possible le contrôle de la totalité de mes affaires. D'ici quelques jours, le conseiller des meutes recevra ma lettre de succession, pour que tu sois reconnu comme le nouvel Alpha de la meute. Tu en as la carrure et l'aura, c'est là qu'est dorénavant ta place. Sache que je ne vous oublierai jamais, toi, ta sœur et votre mère que je ne mérite plus. Tu diras à Mike combien je suis profondément désolé d'avoir trahi sa confiance.

Je vous aime tous. Peut-être nous reverrons-nous un jour.

Chris, Shift, ton père.

De mes mains, la lettre tomba comme une feuille morte sur le perron.

Mon père venait de fuir. Partagé entre fureur et abattement, je n'arrivais pas à l'en blâmer. N'avais-je pas fui moi-même autrefois ?

Je ne tentai même pas de cacher mes larmes. Pleurais-je le père qui venait de disparaître ou celui que je n'avais jamais eu ?

Je partis vers le pick-up et m'y enfermai, musique à fond.

– Celle-là sera parfaite. « Mademoiselle K… Crève »

« Va-t'en, crève ! Tu mérites même pas l'enfer, même pas ces derniers mots qui parlent même pas de toi. Ça y est, j' vois clair ! Clair' ment qu' t'es plus rien, que tu m' sers pu à rien ! Non, non, non, même pas à déprimer.

Non, non, même pas à m' torturer. Non, non, non, non, non, non, non, non ! Va-t'en, crève ! Tu mérites même pas qu'j'en parle, même pas ces bribes de mélodie mieux foutues qu'toi. Ça y est j' vois clair !

On était… pas sur la même planète, on n'avait pas les mêmes choses en tête.

Non, non, non, non, pas sur la même planète. Non, non, pas les mêmes choses en tête. Non, non, non, non, non, non, non, non !

À des années-lumière de tout c' qu'on voulait faire, des années sans lumière, c'est tout c' qu'on a pu faire. Faudrait pas t'en aller, avant qu' j'ai fait germer tout l' pourri qu' t'as semé, dans ma tête en chantier !

Faudrait pas t'en aller, avant qu' j't'ai renvoyé, le piquet qu' t'as planté, qui est resté là, va-t'en, crève !

Crève, crève, crève, crève, crève, crève, crève, crève, crève !

Tu mérites même pas cette chanson, tu mérites rien qui soit vivant !

Rien qui soit vivant, même pas sur ta tête.

Même pas. Même pas. »

ÉPILOGUE

Trois années plus tard…

– Allez, dépêche Jethro, avant que l'appareil se déclenche. Me dit Nowam plus heureux que jamais.

– Je fonce, tiens bien les enfants, mon cœur, je n'ai pas envie d'immortaliser leur chute !

– J'ai les bras plutôt costauds, ne t'en fais pas loup.

Ça fait déjà trois ans maintenant, il s'est passé tellement de chose. La nouvelle du départ de mon père s'est vite répandue dans la meute. Beaucoup de lycans sont partis. Des boutiques en ville ont fermé. On a fait ce qu'on a pu pour sauver un maximum d'emplois. D'autres humains sont arrivés en ville. À vrai dire, ça se passe plutôt bien. Bien sûr, aucun d'eux n'est au courant pour nous. C'est comme si nous étions repartis à zéro.

Le libraire a fini par prendre sa retraite, le cœur léger, car Nowam reprenait la gestion de l'affaire avec Alexis.

Pour marquer le renouveau, j'ai donné un nouveau nom à la meute. C'est désormais « La meute de la seconde lune. »

J'ai fait courir le bruit que nous acceptions tous les lycans rejetés par les leurs, exceptés ceux qui avaient sciemment bafoué le nôtre, de code d'honneur. Récemment nous avons accueilli un couple de deux louves, la meute a su malgré tout rester prospère. J'ai appris petit à petit à assumer la place d'Alpha. Nana et Frank sont revenus dans la meute et avec l'aide de Mike, ils gèrent la plupart des entreprises ayant survécu au départ de mon père.

Lorsque Nowam fut de retour, il m'apprit que la meute de William Tyranne avait été dissoute. Ce dernier ne se remit jamais, d'avoir à ce point perdu à la fois la face et ses jambes. Quelques mois après, Christophe nous apprenait son suicide. Puis Jeffrey fut retrouvé mort dans un bois, probablement assassiné par les siens après avoir tenté de reprendre les rênes du paternel.

Mais, la plus grande parmi les nouvelles sera due à Nowam.

Il parla en effet à son père de notre désir d'enfant, et celuici s'empressa de m'en informer. La décision ne tarda pas et une louve se porta volontaire au sein de sa meute pour concevoir nos futurs enfants. Après mûres réflexions, j'y mis certaines conditions, comme le fait qu'elle puisse entretenir comme elle l'entendait, les liens avec sa progéniture. C'est comme ça que neuf mois plus tard, naquit notre fils Aeron, un magnifique loup gris de 2,5 kg. Ses sœurs jumelles suivirent un peu plus de neuf mois plus tard. Deux belles petites louves se prénommant Nathalie et Alexia.

J'avais choisi le prénom de notre fils, Nowam choisit ceux de nos deux filles.

Auprès de son père, Nowam s'exerça au don de soigner.

Quelques mois après ma nomination en tant qu'Alpha, Sam rejoignit la meute avec toute sa famille, et je le choisis comme Prélat. Tous ces bouleversements entraînèrent le réaménagement du manoir. Je fis démolir et reconstruire, pour que nous puissions abriter de nouveaux souvenirs.

Et Troy nous rendit visite. Après la mort de son père, il entama une métamorphose à laquelle personne ne s'attendait. Il fit en effet son coming out, et sa femme le quitta, lui laissant son fils et sa fille. Peu sensible à sa nouvelle orientation, son équipe de football américain le vira sur l'heure sans ménagement. Il est alors venu nous voir, me demandant de l'aide. Mike et ma sœur acceptèrent d'accueillir ses enfants et Frank lui confia la gérance de la boutique de son restaurant. Troy et son ami vivent depuis sur les terres de la réserve.

Mike traversa une période de doutes et de remises en question. Il se montre aujourd'hui plus attentif et réfléchi avant d'accorder sa confiance, et cet ami et frère de bataille m'est devenu indispensable.

Les premiers temps, après la disparition de mon père, ma sœur m'en a voulu. Puis elle a fini par se raisonner et nos relations n'ont depuis jamais été aussi bonnes. Elle a trouvé une nouvelle amie en la personne d'Estelle, la femme de Sam.

Ma mère n'est plus la même. Certes, elle s'occupe avec bonheur de ses petits-enfants et adore les combler de ses mets savoureux. Mais un fond de tristesse ne la quitte plus. Elle s'assoit chaque jour à la même heure sur le banc du perron, les yeux rivés sur la lisière de la forêt, attendant une apparition.

Mon père restera mon père, même s'il n'a pas compris réellement la gravité de ses actes. Au lieu d'affronter la réalité, il a préféré fuir. Fuir, comme je l'ai fait pendant des années. Alors, un jour peut-être, quand il reviendra, serais-je prêt pour véritablement lui pardonner ?

Je le pense, mais en attendant, il errera pour se chercher lui-même et trouver sa réponse.

Ma meute, ma seconde chance.

Le facteur vient tout juste de déposer l'enveloppe. Je l'ouvre avec empressement, et découvre les deux billets tant attendus.

Nowam accourt à mon appel, je lui tends ces derniers sans rien dire.

Son visage s'illumine alors.

Le concert sera fabuleux, je n'en doute pas. « Mademoiselle K », à Montréal… un soir de pleine lune.

Fin